书的身世

林贤治 / 著

復旦大學出版社

目 录

人类出版史上沉重的一页

治疗书报检查制度的真正而根本的办法，就是废除书报检查制度，因为这种制度本身是毫无用处的……

——马克思

人类走出蒙昧，在很大程度上得助于一种创造物，那就是书籍。书籍不但记载史事，人物，各类知识，重要的还有不安分的思想。因此，历代的权力者，只要意在维护酋长式统治，就必然因对思想的嫉恨而禁毁书籍。书报所以需要检查，而且进一步制度化，就是建基于这样一种意图之上，而沦为反对人类成熟的最现实的工具的。

1933年5月10日纳粹在柏林焚书

《欧洲书报检查制度的兴衰》封面

近些年来，坊间出现过少数几部介绍禁书的书，也有少数几部关于文字狱的书，其中牵涉到禁书的命运；但是，把禁书纳入检查制度，并且同政治文化制度联系起来加以阐述的书，至今不多见。沈固朝先生的著作《欧洲书报检查制度的兴衰》，虽然略感单薄，毕竟填补了出版界的一块空白。

书报检查的渊源，可以上溯至公元前古希腊时期，雅典当局颁布禁止讽刺他人的法令，从文字到讽刺喜剧，都包括在内。其实这是一个管理问题，而非控制。书籍控制及检查，源自思想统治的需要；但是，在某种意义上，也未尝不可以说是权力—信仰危机的产物。哪怕权倾一时，神经过敏的统治者仍然意识到潜在的危机，及至面临崩溃的末日，则从一般的控制发展到疯狂的镇压，这样的例子不胜枚举。权力者从本质上说是虚弱的。他们称文字为“黑死病”，比子弹还厉害的“纸弹”。意大利那不勒斯当局针对一位被捕教授的起诉书说：“人类最可恶的三大敌人是：笔、墨水和纸。”教皇成了“惧书者”(bibliophobes)。当基督教成为“国教”，取得世俗社会的控制权以后，就开始打击异端；在漫长的中世纪，教权炙手可热，对书籍的禁毁已经扩大到了相当的规模。1309年，巴黎禁毁了三大车犹太教典籍；西班牙于1490年焚毁了一座藏有六千卷书的藏书楼；至1596年，意大利仅克雷莫纳就焚毁了一万二千册书。焚书在中世纪十分常见，异端分子也动辄被烧死，如布鲁诺。在此期间，教皇多次下诏禁书，然而毕竟没有形成严密的组织。比较制度化以后的劫难，所有这些，只能算是小巫见大巫。《欧洲书报检查制度的兴衰》一书认定，在十六世纪以前，欧洲并没有近代意义上的书报检查制度。查禁作为一种制度，是随着书籍数目的剧增和思想的广泛传播而产生的。这时，大学建立起来了，知识和思想的需求量增大，印刷术的发明代替了手工抄书。扩大的图书市场对权力构成了严重的威胁。印刷商居然可以说："只要有二十六个铅字兵，我就可以征服世界！"为此，统治者必须建立专业性的书报检查机构，并使之同所有有效的工具和手段相协调，连结成严密的大网，从而把具有危害性的思想文字悉数消灭于有形与无形之中。

在中世纪，书报检查由各地主教会的宗教裁判官组成的机构进行。在王权取代教权之后，这样的检查机构则由酷吏，一般官员，以及个别专业人士组成。尼古拉一世时，检查机构竟多达十二个类型。这种机构的成员，绝大多数是权欲熏心，不学无术者，余下便是听命惟谨的奴才，因此，所谓检查也就注定是无知、愚蠢、横蛮透顶的行为。他们奉命制定或公布禁书目录。这类目录，有的是教皇亲自制订的；1571年庇护五世还曾下令设立“禁书目录部”，专司有关书目的编纂和禁例的制定。先是禁内容，后是禁作者，只要作者被确定为异端分子，他的所有著作都得被列入禁书之列。因人废言，比比皆是，随意性很大。对于各类禁书目录，《欧洲书报检查制度的兴衰》一书所列甚详。每公布一次禁书目录，都意味着对图书馆的一次劫洗。书中援引作家拉蒂努斯1559年写给他的朋友的信说：“在许多书离我们而去的年代里，为什么还要再考虑写新书呢？在我看来，至少在未来的几年里除了写信，没有人再胆敢动笔了。刚刚出版了一部目录，列出不允许我们收藏的书，否则会遭来绝罚，它们的数量是如此之多，尤其是德国出版的，几乎没有什么可以留下来的了。”纳塔利·科姆斯写道：“到处都是烧书的大火，这情景使人想起了特洛伊之焚，无论私人图书馆还是公共图书馆无一幸免，有的馆几乎空了……。”大约因为出版业的发达，焚不胜焚，统治者十分重视出版前检查；像托尔斯泰著名的小说《复活》，经过五百多次修改才得以出版。对印刷的控制特别严厉。1542年，教廷恢复异端裁判所，翌年即规定所有图书的书名页须印有主教授予的“准印许可”，未经教会同意，任何书籍不得印刷。英国查理二世于1662年颁布“信仰一致法”，同时颁行“制止出版诽谤、叛国和未经许可之图书和小册子”法案，简称“许可证法”。其中，对于执行办法，也有着严密的规定。直至1695年“许可证法”废除以前，都以出版前检查为主，其他国家亦大抵如此。1695年以后，则改以出版后检查为主，追惩制代替了预惩制。

从实际运作方面看来，预惩制与追惩制其实很难分开，更多时候是彼此交相使用的。在取消出版前检查后，一些国家便把这笔中世纪的遗产融人普通法中，大可以用“滥用出版自由”为借口，对需要禁毁的图书及需要打击的作者予以有效的惩罚，且使惩罚变得更为“合法”。在十九世纪，出版后检查最严厉的欧洲国家有俄国、奥地利、匈牙利和德国。这些国家明文规定，“未审”报纸在印刷的同时须将副本送交当局，一旦发现问题，即及时没收销毁出版物，关闭出版社。此外，还有销售前检查。有违禁令的印刷商，遭到检查机关从酷刑到革除教籍、罚款乃至停业等各种不同的惩罚。检查官和出版总监常常带人搜查住宅、店铺、印刷所、仓库等。作为警告制度，尼古拉时代还发明了“约谈”。延绵数百年的检查制度成绩伟大。从1559年至1948年，教廷共出版禁书目录五十四种，教廷禁书部记录在案的宗教裁判所书籍禁令共九百多道，禁书总量为四千多种，遭到全禁的作者多达数十人。而这些作家，无一不是世界一流人物；现在撰写的世界文学史和文化史，正是因为有了他们的存在而闪耀光辉。仅瑞士苏黎世地区，从1500年至1700年因著书触犯当局而被处死的作家就有七十四名，至于肉刑、监刑和罚金者更不计其数。据介绍，十八世纪中期，几乎没有哪一个作者没有在监狱中蹲过二十四小时以上的。

统治者以无所不在的检查制度极力制造恐怖，从而促使书商和作者进行自我检查。有一位叫萨伏林的俄国记者说："自我检查比政府检查更苛刻，也更残酷。"奥地利作家弗兰克在日记中写道："那些本来自信的作者，情绪如此低落，他们不得不用自我审查来毁掉每一点天生的思考力。"诗人安东尼乌·费雷拉写道："我生活在恐惧之中，当我写作和说话时，我害怕，甚至在我喃喃自语，在沉默或思考时，也感到恐惧。"迫害的风气搜索每个人的灵魂，剥夺思想，蹂躏心灵，肆意破坏生命的尊严，固有的意志力和创造力，使人类世界归于死寂。书报检查制度破坏之巨，不能仅仅以被禁毁的书目多少，或以此相关的惩罚的繁苛程度为依据，还应当对精神的虐杀有足够的估计。然而，精神的损伤难以量化，我们只能从一代人和数代人的普遍的生活风气、精神状态和整体的文化性格中，窥见统治者的手段的博辣、细密，及其影响的深远。

控制与反控制的斗争一直在进行。实际上，任何禁锢和压迫都无法遏制人们对自由的渴望。这时，作家以寓言、反讽、影射等手法丰富了语言艺术；画家创作漫画，政治漫画是颇令当局感到头疼的。他们以退为进，在逃避迫害的途中顽强地表达思想。在严厉的检查、删改、禁毁之下，一个时代的文化艺术只能走向凋零，或以扭曲的风格出现。出版商发展了地下印刷业，书商则使地下书业贸易变得活跃起来。禁锢愈厉害，地下活动愈频繁；或者可以倒过来说，哪里地下活动最频繁，那里的禁锢便愈见厉害。

突出的是盗版问题。《欧洲书报检查制度的兴衰》中以大量史实表明，盗版来源于出版特权，是对业已形成的商业垄断的一种反动。如英国从亨利七世开始指定御用出版商到亨利八世授予一批所谓“负责的出版商”，让它们具有专有权利，把所有法令法规、议会决议、文告和圣经的印刷权授予他们；还划出部分领域授予专利，如出版语法书、法律书、歌本和赞美诗等的印刷权，指定授予对象，而使多数印刷商无从染指。这样，没有特权的商人只好盗印。最具讽刺意味的是，历代的禁书最受欢迎，于是“禁书目录”成了全欧洲最大的图书免费广告。图书一旦被禁，即被全社会“推销”，而盗版这类图书则往往赢得巨大利润。在专制时代，盗版书对于思想的传播是起了积极作用的，可谓功不可没。姑不论动机如何，它打击了特许制，使各种检查法规在这匹隐藏的“木马”面前统统失效。不妨说，这是出版界的另一场“特洛伊战争”。

要废除出版特权，废除书报检查制度以及与此相应的罪恶的惩罚措施，除非实行革命。期待一个专制政权自行完善是徒劳的。书中列举的几个欧洲国家，其中英国和法国废除检查制度——从终止许可证法到废除印花税——都较为彻底，原因是它们先后进行过血与火的革命。整个废除过程，英国用了二百多年，法国只用九十年。法国的革命方式是更为激进的。欧洲各国君主都十分害怕法国大革命，为此，书报检查也特别严格；一些国家规定，报纸只要提及法国的事情就要查封。奥地利曾一度下令关闭图书馆，其检查目标后来甚至扩大到扇子、鼻烟盒和玩具上的箴言和题词；从法国运来的器物，只要绘有“自由”字样都要清除掉。在1793年雅各宾专政时期，俄国焚毁了一万九千种有关书籍，卡特琳娜还禁止了一切来自法国的物品。这些专制政体的头面人物，对革命的恐惧已经到了神经质的地步。然而可笑的是，一些自命为客观、中立的学者，或是以“民间立场”相标榜的知识分子，居然也抱持当年这些君主的态度：否定革命、嘲笑革命、畏惧革命、诅咒革命！他们应当知道，没有近代革命的发生，人类在中世纪的巨大的阴影下不知还要匍匐多少个世纪！从书中可以看到，在欧洲，书报检查特别野蛮和持久的国度，就是德国和俄国；它们未曾有过大规模的资产阶级革命的清洗，因此更多地保留了封建王国的封闭与专横。自然，革命不是一劳永逸的事情，而且革命本身也可能不只一次地背叛自己。法国在“旧制度的死亡证书”——《人权宣言》中宣称，“思想和意见的自由传播是人类最可宝贵的权利之一”。两年后，这一原则，即废除出版检查制度和维护出版自由被写入第一部宪法，成为法国政府必须恪守的基本原则。然而，拿破仑登台之后，随即背弃宪法有关的承诺，于1810年成立出版管理署，设立新闻检查官，正式恢复书报检查制度，大力砍杀对立的报纸，积极扶植发行官报。他认为，“四家有敌意的报纸比一千把刺刀更可怕”。他对警察总监富歇说，“大革命时代已经结束，在法国只能存在惟一的党派，我决不容忍报纸说出或做出有损于国家利益的事情。”在法国，为争取出版自由的斗争，前前后后有过多次反复，其激烈程度是世界罕见的。但是，应当看到，这种复辟倒退的现象，并非由革命引起，恰恰相反，乃是旧制度的遗产。从漫长的中世纪到民族国家的建立，专制主义根深蒂固。书报检查作为一种制度即使被废除以后，在欧洲各国，对思想文字的控制，仍然得以以各种变异的、零散的方式表现出来。俄国十月革命胜利后，仍然进行书报检查。这项工作开始时是由国家政治保安总局进行的，党通常不加干预；1923年以后，鼓动宣传部的官员就已开始密切注意文学团体的活动，通过行政手段，进行作家登记，审读文学报刊，严格控制出版社。1925年中央委员会还曾介入文学界的争论，发布过有关的决议。即使在比较宽松的时期，倘要禁止某个作家出版作品，一样是十分坚决的。在斯大林当政时期，书报检查犹如一道巨大的闸门，把“反对派”的著作统统封死了。这些书籍可以在一个早上悄然消失，而这一天，往往是在接到上面最新指示的一天。消灭异己的行动特别迅速。与此同时，新的历史书、教科书、回忆录乃至“百科全书”，也都以篡改过的、不诚实的内容出现，代替砍伐所留下的出版真空。著名作家札米亚京在一封给斯大林的信中写道，1920年以前，他已几乎无法在国内出版任何著作了；后来，通过高尔基的关系终于迁居国外。其他一些作家就没有这样的幸运了。左琴科、阿赫玛托娃等被公开革出“作协”，茨维塔耶娃在找不到工作的窘迫中自缢身亡，古米廖夫、曼德尔施塔姆等遭到镇压，再后来则有索尔仁尼琴、布罗茨基等的流亡。工业现代化与政治民主化未必是同步的，或者说是必然一致的。现代化的道路不是只为新生事物敞开，在相当长的时期内，它仍保有合适的空间，供专制主义的幽灵舞蹈。《欧洲书报检查制度的兴衰》一书总结说，专制主义是“书报检查制度生存的土壤”，是命中要害的。要彻底废除检查制度，除非彻底铲除专制主义。

从弥尔顿的《论出版自由》开始，书报检查制度便不断遭到来自思想知识界的理性批判。马克思指出，把思想方式置于法律追究的范围之内，是专制主义检查制度的特征。言论出版自由是人类最基本的自由权利，只要出版受到控制，一切关于思想解放和社会正义一类宣言都将成为伟大的空话。所以，争取出版自由，自然成了被压迫阶级的斗争的首要目标。人类的理性和智慧，将因此而集中起来，以谋求共同的福祉。正因为如此，夏多布里昂说：“出版自由是当今的全部宪法。”对于出版自由的趋势，书中用了一位演说家在1840年的一段话进行描述，说：“现在，印刷机的有力的滚筒每日每夜印出的成千上万张纸，正渡过河流、穿过森林、穿过海关的封锁，越过高山峻岭，用它那智慧的炮弹，在未来的战场上奋勇直前，靠思想的宣传机器和出版自由，你们将无往不胜！”出于人性的基本要求和生存的实际需要，事情确如全书最后部分的题目所宣示的，“废除检查制度是历史的必然”。但是，通往自由的道路是漫长的，曲折的；许多时候充满风险，出现反复，这也是无疑的。

沈先生的著作把书报检查从出版史上特意抽离出来加以放大阐述，具有特别的意义，超出历史学一般的实证主义的学术范围。其实，出版史的主要线索，不是科学技术的发现和发明，而是环绕出版物展开的更为广泛而深入的文化斗争。《欧洲书报检查制度的兴衰》把书报检查同政治文化制度，同权力和权力者联系起来，的确捉住了问题的要害。但是，对于不同国家和民族的文化传统，不同文化形态之间的影响等，书中缺乏适当的照顾。其中，把欧洲废除检查制度定在十九世纪中期，这个界限也不是不可以商榷的。至少，延至二十世纪，希特勒的德国和斯大林的苏联，对于书报的审查是严厉的。用鲁迅的话说是“代代跨灶”，许多地方超越了前人，甚至史无前例。我们是看重文牍的考究，譬如广告税、印花税的废除等等，还是重在实质的考察？这是一个问题。在历史研究方面，我们如何消化和运用类似“资产阶级”和“无产阶级”的概念，如何避免因此而造成的时间的间离，则是另外的一个牵涉更广的问题。最近有一本新书，是一个叫J·D·亨特的人写的，名为《文化战争：定义美国的一场奋斗》，其中有一节就是“审查制度”。历史的前后比照是饶有意味的。同为审查，今日的欧美社会，无论内容或形式，都毕竟大不同于往昔了。

至于东方社会的书报检查制度的变迁，也当有人进行书面系统的清理了。与西方相比较而言，对于东方，从亚里士多德到黑格尔到马克思，都是视之为“野蛮”、“停滞”，更带专制主义性质的。所谓“东方没有历史”，所指大约就是这层意思罢。

2000年6月，时值酷暑

盗版与地下印刷

盗版与地下印刷，作为出版业的一种现象，不问而知要受到普遍的责难。列举责难的理由可以有种种，或者涉及权益，或者关于道义，也有纯然出于观念上的，因为毕竟这是非法的勾当。但是，似乎也不能一概而论。对于某个特定的历史时段来说，盗版乃出于不得已，甚至可以看作是出版商的一种抗争；而有些图书经过盗版的途径，竟成了散播异端思想的强有力的风媒。

一般来说，盗版与地下印刷是紧密相关的。这种现象的产生，在历史上不外乎如下几个原因：一，政治文化专制。整个言论出版界即所谓公共舆论空间形同一座大监狱，个别出版物简直打入死牢，未经许可出版，实与劫狱无异。二，行业垄断。出版作为一种产业，市场是受控制

《禁果》，1865年版画

的，官办私营，限界森严。尤其是特许制的实施，致使一般出版商生意日蹇，甚至危及生计，只好逼上梁山。三，专一追逐利润。上述两个原因，虽然不能说与经济利益无关，但是在客观方面明显地存在着制度的限制，有一种外在压力；而在这里，则无须冒任何政治风险，仅出于如贪婪一类的内在欲望的驱使而已。

在西方，盗版可以上溯中世纪，除了因为逃避教会和政府的淫威之外，与印刷术的发明亦大有关系，不然无“版”可盗。至于中国，盗版多在明清之际；若从版本学的角度看，不只刻本，还有抄本，时间仍可以往前推。始皇帝焚书坑儒，泽及后世，使士子商人不得不避其锋。后来的王位继承人又有新的发明，大兴文字狱之余，动员社会力量编修文史图书，搞钦批本，官批本，统一“正本”以垂范将来。清乾隆皇帝编纂《四库全书》就是显例，剜削，抽毁，删改，将盗版合法化，那手段的恶劣，是胆子最大的出版商也无法想象出来的。

在中世纪，整个欧洲被置于宗教神学的统治之下，通行的只有一部《圣经》，图书遭到普遍的敌视。其实，全社会有一本书也就足够了，古人不是说凭半部《论语》就可以治天下了吗？就算到了二十世纪六十年代，偌大中国来来去去也不过是一本书。无奈世间少不了好事者，总想著书立说，而且贩卖有徒，及至谷腾堡的印刷技术大行其道，图书这东西终于日渐滋繁起来，使得统治者看得头痛，不得不设法对付。宗教裁判所镇压异端是有名的，而由教皇颁布的《禁书目录》同样臭名昭著。这份目录从保罗四世开始，直至1966年——中国的文化大革命恰好在同一年爆发，焚书是重要的标志之一——宣告撤消，数百年间不断加以替换补充。其中不但列有书目，而且有一份作者名单，至庇护五世，名单更加详细，还建立了一个禁书会，将有关的禁书政策付诸实行。对于《圣经》，教会拥有绝对阐释权，宣布经由圣热罗姆修订的4世纪的拉丁语本为唯一真正的版本。这样，其它版本自然在扫荡之列。1542年，教廷明确规定所有图书的书名页必须印有主教授予的"准印许可"字样，否则不得印行。马丁·路德翻译的《圣经》，在某种意义上可以说是做版本文章。历史学家杜兰说"古腾堡使路德成为可能"，固然是说机械印刷促进了宗教改革思想的传播，但也意味着承认盗版及地下印刷从中所起的作用。路德的德语《新约》，两年中共授权印行了14版，而盗版的即达到66种。

1521年，法国国王弗朗索瓦一世发起第一次图书检查运动，下令巴黎最高法院严密监视印刷所和书店。不可思议的是，强权总会遇到不屈服的对手。里昂的出版家埃蒂安·多莱编辑出版拉伯雷、马罗的著作，还出版了伊拉斯谟的《战斗的基督徒手册》，出版时，特意选择一把砍刀图样作为自家的商标，挑战教会和政府的意图不是太明显不过了吗？结果，宗教裁判所把他活活烧死在巴黎莫贝尔广场的火刑柱上。路易十四上台后，专制手段变本加厉：从1667年起，限制书商和印刷商的从业人数，连印刷器材的买卖也受到控制，装书的包裹需要查验，印刷作坊得定期接受检查，如发现违反者，随即关进巴士底狱。从前的图书管理仅限于下达法令，至1701年，法国政府便正式设立图书管理局，便有了专司图书检查的机关。英国、德国等其他一些欧洲国家群起效尤，因为这样一来，实在省事而有效得多。在这种严厉的管理制度下，启蒙思想家的作品只能按地下方式出版；但当地下印刷也受到限制时，这些作家唯有将书稿送到纽沙特尔、日内瓦、海牙或阿姆斯特丹的出版商处，然后“出口转内销”。但是，要在这类荒诞剧中担当一个合适的角色颇不容易，伏尔泰便曾否认是自己的书的作者，还谎称说是过世作家的作品，甚至针对这些书进行公开的批判。对此，有人形容说，“这是一种讲了一些东西而免于被送进巴士底狱的艺术。”只要从事著述，就必先掌握这种艺术。据统计，在十八世纪，至少有4500种书是随意杜撰人名和地名出版的，这就给后来考证这个时代的出版物的作者、出版地、印数等，增加了许多困难，致使考证本身成为印刷媒介史研究的一项既不能绕开，又繁琐缠人的基础性工作。当时，这类地下出版或由境外秘密进口的传播启蒙思想的书籍被称为“哲学的”（philosophical）；连带被当局视为非法的“坏书”，都被出版商和销售商统统称为“哲学书籍”，这种行话，其实指的就是“危险的书籍”。这些书籍是偷偷地在斗篷下出售的，所以又有人把启蒙运动时期的思想称为“斗篷下的哲学”。“哲学书籍”风险太大，为抵销风险成本，价格相应要昂贵许多；书商一般不愿囤积这类书籍，于是变着法子与普通盗版书进行交换，交换比例通常是1:2、2:3、3:4。以盗版及地下印刷换取危险思想，也当不失为一桩好买卖。

十七世纪中期以后，法国盗版及地下印刷之风日炽，仅巴黎就有100家出版商从事地下出版业，甚至连阿维尼翁这个法兰西王国中的教皇领地也干起了这种行当。由于政治思想类的禁书最受欢迎，印刷商和销售商除了直接盗版，还经常在一些貌似正统的著作中夹塞带有新思想的言论，极力利用政府尚未明确下令禁止之前的机会加紧出版和销售“异端”著作。为了平缓这股盗印风，从1718年起，政府开始采取“默许”的政策。所谓默许，在法国检查制度中是一种介于“准许”与“不许”出版之间的状况，即不属公开批准，也不予以禁止。由于许多书得到默许在国外出版，国内发行，于是那些被认为“有问题”的书只要注明是国外出版的，就有希望蒙混过关。默许制相当于一道夹缝。在夹缝中间，出版界养成了一种由作者在图书出版前私下拜访检查官的风气；许多书，在国外以及边境地区的一些独立领地争先出版“伪版本”。对于18世纪，法国有一个奇特的说法，称之为“伪版书的时代”，便是缘此而来。

马尔泽布在大革命前曾经这样说：“由于法律禁止公众不可或缺的书籍，图书业就不得不在法律之外生存。”这话只是说对了一半。在一些特别专制野蛮的国家里，书商根本无法施其技，也就是说，在法律外面不可能存在所谓的“图书业”。像俄国，拉季舍夫的笔记作品《从彼得堡到莫斯科旅行记》问世后，叶卡捷琳娜二世说作者在书中促使人民仇恨政府，是“比普加乔夫更坏的暴徒”，随即下令没收焚毁该书，并将作者逮捕，判以死刑，后改为流放西伯利亚，时间长达十年之久。该书流传下来的种类多达70多种，都是手抄本，算得是变相的盗版罢，但是比起正式出版物已是倒退了大大几百年。车尔尼雪夫斯基写于1863年的长篇小说《怎么办》，在杂志发表后即由沙皇当局下令查禁，直延至1905年出版，几十年间也都是以手抄本的形式流传。在苏联时代，图书遭禁之多，作者命运之惨，比较沙皇时代，恐怕有过之而无不及。许多著作，得先在国外出版，然后在国内出版，如帕斯捷尔纳克的《日内瓦医生》，索尔仁尼琴的《古拉格群岛》，布罗茨基的诗集等等，都是这样兜圈子出版的。一些被镇压的作家和诗人的作品，根本无由面世，连高尔基的《不合时宜的思想》，也被迫耽搁了将近一百年。在这个国家里，地下出版物可以说从来不曾中断过，当政治相对“宽松”的时候，还曾显得相当活跃。但是，不管如何折腾，毕竟不成气候，无法形成像西欧一样的市场规模。著名小说《阿尔巴特街的儿女们》作者雷巴科夫说：“没有1985年3月，读者将无法看到这部小说。”自戈尔巴乔夫于1985年上台后，尤其在苏联解体之后，国内加速自由化，以致最后开放党禁和报禁；只有到这时候，许多地下出版物才纷纷露出水面，不复有从前的禁忌了。

有意思的是，苏联好些禁书，其中包括被马恩列斯批判过的哲学社会科学著作，还有现代派文学作品等等，被当成帝国主义和资产阶级的东西，加上官方或准官方的“修正主义货色”，在六十年代前后被翻译成中文，在中国国内尚有许多“右派”和“反动权威”的著作被禁止销售和阅读时，得以以“灰皮书”、“蓝皮书”的式样供“内部发行”。据北京知青回忆，在那个荒芜的岁月里，他们都非常庆幸能辗转读到这批翻译书，从中吸取不少思想营养。这种方式的国际文化交流十分特殊，作为一段故事，在翻译出版史上是应当列作专章介绍的。

总之，政治专制主义是万恶之源。只要专制政体存在一天，就一定少不了书报检查制度；只要书报检查制度仍在运作，也就必然出现地下印刷和盗版书。有文章称书报检查制度是专制制度的忠实仆役和老悍妇，特点是狠毒和没有灵魂。其实，这老悍妇的脾气只是从主人那里学来的罢了，专制制度天然地欠缺人性，它的恶辣具有一种覆盖性，这是显而易见的。

在专制政体里，经济问题也是政治问题。就说盗版，表面上看来，它可能并非直接来自检查制度，而与专业垄断有关；实际上，经济垄断与政治专制是双胞胎，同为特权现象，都是同一种制度的产物。法国革命的宣传家西耶斯在《论特权》中写道：“所有特权都是不公正的，令人憎恶的，与整个政治社会的最高目的背道而驰。”但是，没有法子，特权就是法令，所以在专制国家里，一味鼓吹“法治”并非是什么好事情。

出版行业的垄断来源于许可制和独占专利制的推行。

垄断有多种方式，以英国为例，一是以保护本地印刷商的利益为由，限制外国书商进入本国市场，实际上防止外来思想对本土的冲击；二，由国王直接控制印刷业，指定官方出版商承办有关出版业务；除了钦定的官商，其他书商不得翻印或出版同类图书；三，授予出版特权，使受惠的书商在有限期内享有复印和销售的专有权，被侵权时还可以藉此获得各种赔偿。与此有关的是独占专利的授予，目的在禁止业已划定的范围内出版新书。1557年，玛丽女王授予一个叫做“书商公会”的行业组织以出版特权，颁发国家特许状，规定所有图书必须到书商公会注册，甚至允许公会对其他书商和印刷商拥有搜查、没收、焚毁、查封、扣押的特权，到了斯图亚特王朝，特权和专制发展为一种特许制度。至1662年，正式颁布名为“制止出版诽谤、叛国和未经许可之图书及小册子”法案，简称“许可证法”。光荣革命并没有废除特权，只是经由议会接管和延续一个由国王开其端的业已成熟到腐败的制度，事实上，权力与金钱的勾结变得更加紧密了。

行业垄断严重破坏了出版业的正常动作。在失去自由竞争的条件下，作为一种恶性报复，盗版盗印使大批的出版物质量低劣。以地图的制作为例。为了确保对新发现地区的商业垄断，地图最早是保密的，只有极少数雕版印制品泄露到市场上。恰恰因为垄断和保密，带来了地图的地下印刷和黑市交易。对于市面的地图的准确性，欧洲的领航员和海员普遍持怀疑态度，以致到了十七世纪初，仍然不愿接受，而宁可使用手绘的。这种拒绝现代科学技术之举，究竟是谁之过呢？是书商不负责任，抑或当局全权垄断的结果？

然而，不管政府如何的使用铁腕，算尽机关，盗版活动一样有增无已。1695年，英国议会终于作出终止许可证法的决定。但是，这并不等于政府已经放弃了对出版业的控制；只要政府有一天不允许随意散播不利于稳定的言论，盗版与反盗版的斗争仍将持续下去。英国著名史学家汤普森在其名著《英国工人阶级的形成》中写到十七世纪一个销售盗版书刊而获罪的名叫斯旺的报贩，因销售小册子和一篇煽动性诗歌被捕，判定数罪并罚监4年零6个月，是同行中判刑最长的。事隔数年，又是这个斯旺，因销售“无印花税报刊”被告上法庭。书中有一段他和法官的对话：

被告——先生，我已经失业一段时间了，我也无法找到工作，我家里人都在挨饿……另一个理由，也是最重要的理由，我卖这些东西是为了我们同胞，让他们知道议会并没有代表他们……我想人民知道他们是怎样被蒙骗的……

法官——住口。

被告——我不！因为我想让每个人都读读这些出版物……

法官——你太放肆，你要因此被判处三个月监禁，进纳茨福德感化院做苦工。

被告——我一点也不感谢你，只要我能出来，我还要卖。你记住，（看着克拉克上尉说）我第一份就要卖到你家里。

可以看出，在从事盗版和地下印刷的人物当中，并非都是同一类的自私、阴暗、卑琐的角色。

使出版业作为一种商业活动进行而免受权力的干预，这是符合新生资产阶级的利益的；然而禁令的废弛，无疑地更有利于思想的传播。接着，继《人权宣言》之后，“出版自由”作为人类最可珍贵的权利，于1791年庄严地写进第一部法国宪法。从实质上而不是从形式上最后废除出版检查制度，还有漫长的道路要走，但是，出版自由既已得到国际社会的确认，反动专制政府要遏制自由思想，也总得有所收敛，而不至于太横行无忌了。

自然，到了民主社会，到了书报检查制度和出版特权制度已如一堆锈铜烂铁般地被抛弃的国度，普通公民可以公然批评国家元首的地方，盗版或地下印刷的现象仍然会出现，因为金钱永远是一种诱惑。但是，可以肯定的是，它只是个别的现象，而不复是制度化的现象，不可能对读者构成大面积的损害了。

盗版之“盗”，在古时候是跟“侠”连在一起的，从中世纪到近世，在盗版的书商中间，确曾有人表现出侠士之风，敢于制作和贩运异端的著作；即便为了金钱，也还有眼光盗印布丰的《自然史》一类卷帙浩繁的著作。不像后来的书商，只会生搬硬套或改头换面印行一些食谱、小玩艺、相面术、肉麻故事，全然失却原始造反者的强悍之气，看那种小手段，简直已经沦为偷儿了。在这里，仅就盗版史——出版史的一个重要分支——来说，用得上民间历史家九斤老太那句总结性的话：“一代不如一代！”

2003年4月

花城
译丛
Samizdat Writings of Eastern Europe
地下
东欧萨米亚特随笔
[捷克] 伊凡·克里玛 等著
景凯旋 编译
花城出版社

《地下》封面

萨米亚特：苏联东欧的地下出版物

地下出版是专制制度的产物

地下出版物产生于专制制度，这是无庸置疑的；但是，一个地道的专制国度未必一定就有地下出版物。比如纳粹德国，一面焚书，一面迫害犹太作家，对人类文化的摧残不可谓不暴虐，但是，由于统治时间太短，而且整个国家一直处于战争的动荡之中，地下出版物未及出现。看来，地下出版也跟“地上”一样，需要一定的社会稳定性。

考出版史，19世纪末欧洲的出版垄断及审查制度已经基本终结。到了20世纪二三十年代，不料又有一批地下出版物，在苏联的政治高压下涌现而出。这批出版物最早以手抄本、打字稿和油印稿的形式，在知识分子的小范围内流传，后来由莫斯科、列宁格勒扩展到其他一些省城，具有广泛而有组织的活动的特征，并因此获得一个叫作“萨米亚特”的名称。萨米亚特，俄语的意思是“自发性刊物”。五十年代中期，“解冻文学”出现，六十年代形势严重倒退，开始镇压知识分子。1965年，苏联两位年轻作家西尼亚夫斯基和尤里·达尼尔因在西方发表小说而被捕，次年被送进劳改营，引发国内外的抗议。这一年，私人出版物明显多了起来，“萨米亚特”活动变得特别高涨，后来的许多持不同政见者，都曾出现在这起事件的抗议活动中。由此可见，萨米亚特表面上是一种文化现象，其实自始至终都同现实政治紧密联系在一起。

也许是出于苏联持不同政见者运动及萨米亚特的影响，也许是固有的体制的产物，至七十年代，波兰、捷克、匈牙利等东欧国家也出现了一批地下出版物，这样，萨米亚特一词随之进入这些苏联的“卫星国”，而且为西方所采用，成为一个世界性的文化用语了。

萨米亚特在苏联

在苏联，萨米亚特开始仅限于文学作品，诗和小说最常见，后来从多少带点暧昧性的形式，逐渐变得暴露起来，涉及政治、宗教、思想领域，“颠覆性”愈加明显。以两位诺贝尔文学奖获得者为例，帕斯捷尔纳克的著名小说《日瓦戈医生》在西方有多种译本而在国内被严禁出版，萨米亚特即根据从国外偷运入境的原文版进行翻印；索尔仁尼琴除了头一个中篇《伊凡·杰尼索维奇的一天》因为赫鲁晓夫格外开恩而得到公开出版外，所有著作都由萨米亚特有计划地翻印。萨米亚特发表了不少叛逆诗人的作品，包括33岁死于劳改营的加兰斯科夫的诗集和通信集；曼德尔施塔姆夫人的回忆录《一线希望》最先也是出现在这上面，然后流出国外而获得巨大的声誉的。

萨米亚特还致力于报道国内的政治事件，揭露黑暗的社会现实，比如关于精神病院、劳改营、克格勃、政治审判、书报审查、民族自治问题、人权问题等等。六七十年代，苏联持不同政见者以群体的形式登上舞台，萨米亚特成了他们的忠实而有力的伙伴。它定期出版“时事编年史”，提供相关的报道、评论、文件和摘要，这些内容一度成为国际社会了解苏联国内政治斗争情况的唯一的消息来源。此外，发表著名科学家、人权委员会创始人及诺贝尔和平奖获得者萨哈罗夫的谈话、声明和著作，披露其他持不同政见者被迫害的消息；同时，还把西方传媒中有关索尔仁尼琴等一批流亡者的最新政见公诸于世，打破苏联当局的新闻封锁。正是由于有了萨米亚特的源源不断的资料，《苏联人权编年史》才得以在美国定期出版。

所有这些地下出版物，都叫萨米亚特。许多最初由萨米亚特秘密送往国外的作品，后来又作为“违禁品”运回国内，在地下翻印传播，形成一种近于“洄流”的现象。作为一个意识形态专政的国家，苏联当局当然不可能容忍这种地下出版活动，对此，克格勃采取大规模的镇压行动。在严厉的打击下，萨米亚特的活动在1975年以后便渐趋式微了。

萨米亚特在东欧

此时，东欧国家的地下出版物几乎同时出现并迅速活跃起来。不同国家的作者互相影响，互相支持，常常在重大的政治问题上发生共振，仿佛存在着一个“萨米亚特共同体”。当捷克的《七七宪章》刚刚出现，东欧国家的知识分子即刻表示支持；当“七七宪章派”遭到政府当局的拘捕和审讯时，他们又随即发起签名抗议，这其中许多都是萨米亚特的作者。

比较苏联，东欧国家的萨米亚特有一个多出的部分，就是反对苏联的殖民主义。当然，这部分内容与反抗原有的政治体制及意识形态不是没有关联的。从目前的介绍看，东欧私下出版的大型文学作品似不多见，主要是政治评论和思想随笔。哈维尔和米奇尼克是最好的例子，他们的文章后来有中译本出版，当然也是萨米亚特。迄今为止，我国介绍东欧萨米亚特的公开出版物，只有花城出版社近日出版的一种随笔集：《地下》。

在《地下》中可以看到，这些萨米亚特作者反对复制苏联类型的制度，南斯拉夫作家契斯公然表示说："在社会主义制度下，文化与文学的统一比在奥匈帝国君主政体下更加破碎。"在这一制度下，自由和民主的状况是他们最为关注，也是最感忧虑和愤慨的。匈牙利著名作家康拉德有一篇文章叫《民主的哲学》，谈到经济民主与政治民主的关系，其中有一段话极富于启发的意义，他说："政治民主与经济民主不是齐头并进的；在任何既定社会里，可能一方正在进步而另一方却在趋于倒退。"在国家经济作出相当程度的改革开放而在政治方面仍然坚持封闭保守的时候，这种反差尤其明显。一个缺乏民主的社会，政治权力对法律的干预是必然发生的，所谓"法治"，只能说是一个空壳。克里玛把道德和法律，信任社会与法治社会联系起来考察，说："当一个犯罪的政权瓦解了法律的准则，当罪行受到鼓励，当一些高踞于法律之上的人企图剥夺他人的尊严和基本权利，人们的道德就会深受影响。犯罪的政权知道这一点，试图通过恐怖来维持合乎道德的行为，因为如果没有合乎道德的行为，就没有任何一个社会——甚至是这类强权统治的社会——能够正常运行。但是事实表明，一旦人们失去了道德行为的动机，恐怖也收效甚微。”又说：“一个建立在不诚实基础上的社会，一个将罪行看成正常行为的一部分而保持容忍的社会，即使这只是在一小部分特殊阶层之间；同时，这个社会又剥夺另一些人（无论这些人多么少）的尊严，甚至生存的权利，这样的社会注定要道德败坏，最终彻底崩溃。”捷克作家十分看重个人道德，《七七宪章》就是基于个体道德——包括责任感——之上的对政治的吁求。像这样把个人置于国家之上的观念意识，本来就是反东方（苏联）的，纯欧洲的。当时，他们力求让捷克“返回欧洲”，瓦楚利克写道：“个人比国家更重要，国家只不过是一个人为的、可以改变的人类发明，这就是人们之所以不断试图对它进行改革的原因。有一次，我告诉他们中的一个人：‘衡量公民自由的程度不是看国家如何对待那些赞同它的大多数人，而是，这样说吧，看国家如何看待那些反对它的极少数人。’……在那些完全一致的地方，自由是不会产生的——哪里有不同意见，那里才会有自由。”事实上，人们都习惯地把国家看成是固定的，由来如此的，看成巨大的偶像加以崇拜，于是，一种廉价的“爱国主义”由此得以产生，而且传染病一般在社会流行。

南斯拉夫流亡学者米哈耶罗夫把意识形态当作一个根本性的问题，对苏联式的制度展开批判。他指出，许多“前共产主义者”在幻想破灭后没有把账算在“意识形态神话”上面，而是转移到俄国历史和民族性上面，这是完全荒谬的。他引用格罗斯曼小说中的话说：西方的发展是由自由的成长造成的，而俄国的发展则是由奴隶制的成长造成的，俄国十月革命以后，奴隶制将会超越俄国国境，把俄国发展的法则变成为全世界的法则。他还引用伯林科夫的话说：在那样的国度，从来不知道自由为何物，也从来不需要什么自由，俄国历史的主要使命总是努力扼杀自由。致命的是，俄国的知识分子总是协助官方而尽种种努力。米哈耶科夫指出：对极权的渴望，是这种意识形态的第一推动力。由于极权政府实际上不可能控制精神世界，只好极力摧毁一切精神生活，再用虚构的东西去填补精神世界的空白。虽然，虚构的历史最终不能取代真实的历史，可是足以让人们放弃思考，导致精神奴役。他还使用雷达里赫创造的术语说，历史上奴隶制度限制了人的自由，而苏联则是历史上第一个“积极不自由”的社会，因为在苏联，不仅要求人民顺从，而且还要人民积极参与它所编造的谎言和虚构。在《非意识形态的荒谬》一文中，他特别提出警惕“非意识形态”的问题。他指出，由于东方长期经受意识形态的极权教条主义的辖制，西方受到实用物质主义的影响，所以会出现“非意识形态”的迷误。其中，有人甚至断言：极权主义的伪精神信仰，单靠经济发展、消费社会的创建就可以轻易打破。许多知识分子都没有意识到这种迷误，他为此引以为“不幸”，慨而言之道：“缺乏一种新的、全面对抗极权主义的意识形态，是这个时代的悲哀。”

一个极权国家有没有可能自动蜕变为一个民主国家呢？这是人类思想史上的一个前所未有的问题。对此，历尽沧桑的幸存者作家克里玛解读说：“在我们的生活的这个世界里，当权者的统治方式是人类史上前所未有的。他们可以控制、消灭个人和整个民族。只要这个方式存在，我们的世界就仍然会是一个恐怖的世界。”他以敏锐过人的洞察力指出：“一个为了自己的利益而有意决定谋杀的权力，即使它后来改变了其道德品行，试图忘记他们的过去，或否认他们的过去，这个犯罪的权力过去是、将来仍然是整个人类社会的一个威胁。”

不同的时代有不同的问题。由于克里玛对极权国家的本质有着如此清醒的认识，所以在《有权者与无权者》这篇文章中明确提出：与父辈仅仅关注贫穷、失业和饥饿等社会问题不同的是，我们这代人关注的是正义问题，是权力者将正义悬置的犯罪行为。但是，正如父辈处于经济萧条时感到个人的无助一样，我们这代人在面对极权主义国家的罪恶或凶残的暴政时，个人同样会陷于无助的绝望之中。

《地下》，是东欧多个国家的作家的一部选集，相当于一个合唱团，在多人轮唱中间，会有不同的调子，不同的声音，但那种如捷克作家塞梅契卡说的“捍卫自己的现实，以抗拒由政府和意识形态支持的现实”这一基调，在萨米亚特中则是一致的。是人的命运和世界的存在决定人的思想呢？还是人的思想决定人的命运和世界的存在呢？米哈耶罗夫肯定思想的决定性质，他指出萨米亚特存在的重要性，正在于思想和思想传播本身。

地下：写作与出版

在极权国家里，写作是一种充满禁忌和风险的事业，作家成为整个社会面临绝境的一个象征。苏联流亡学者安德烈·西尼亚夫斯基描述说："一个俄国作家如果不愿意按照国家的命令去写作，他就会处在一个地下作家所处的非常危险的噩梦般的境遇之中，面临各种粗暴的镇压和惩罚的措施。"诚如索尔仁尼琴所说的："革命者是地下工作者不足奇怪，作家竟成了地下分子，这才是咄咄怪事。"不过，应当承认，在罗网密布、斧钺高悬的地方，只要有"地下作家"在活动，说明文学仍然是有希望的，因为它的创作者深具人类的良知和坚持的勇气。

当所有作家保持怯懦的缄默而不敢公开地说和写的时候，萨米亚特作家将写作转入地下，是其中最不自由的一群。他们必须随时警惕告密者、安全警察，提防抄家，把作品和将来适时发表的希望一起收藏起来。索尔仁尼琴自白说："我只有一个希望：怎样保住这些作品不被发现，与此同时也就保住了自己。"但是，由于他们决心与当局对抗到底而拒不公开发表，所以写作时也就毫无顾忌，恢复了精神的本源状态。对此，索尔仁尼琴深有体会，说："地下作家一个强有力的优越性在于他的笔是自由的：地下作家既不用想象书刊检查官，也不用想象编辑大人，他的面前除了材料没有他物，除了真理，再没有什么在他头上回荡。"事实和真理在地下写作中没有保密性可言，这些作品，相反表现出为公开出版物所没有的开敞性、公开性。索尔仁尼琴的经验，在地下作家中是较为普遍的；他们都有一种风险意识，为了保持时代真实和思想自由，宁愿担受智慧的痛苦和行动的不自由。

地下写作不能等同于地下出版。写作可以收藏，而出版则必须流通。地下写作，在某种意义上也未尝不可以称为“自由写作”，即在自由感支配下的写作，一种对抗性写作。这种对抗不自由的自由，永远存在于写作主体的精神体验之中。由于出版作为一种行为方式并不具备写作的精神性，所以地下出版不能称之为“自由出版”；至于有人称地下出版物为“自由出版物”，实质上是针对语境的不自由，公开出版物普遍的意识形态化，而就地下出版物的自由的内在质性而言的。所以，无论在专制社会还是在民主社会里，所谓“写作自由”都是一个伪问题，“出版自由”才是真问题。

公开出版物的“地下性”

索尔仁尼琴根据个人经验，说地下作家是完全按照其特征选定作者的：他们是具备“政治上可靠而又能守口如瓶”这样两种品质的人。即便如此，选择也未必可靠，而且圈子太小也限制了作品的影响力，东欧的萨米亚特作家就称他们的出版物为“自慰”。这样，一些在政治立场上与地下作家保持一致的作家，坚持选择公开出版的方式，但是在作品中明显地带进了一种“地下性”，使它们既不同于一般公开出版物的意识形态性，也不同于地下出版物的公开的反意识形态性，它们有着半隐蔽的特殊的式样和风格。

为使作品公开出版，就必须让它们通过审查制度，可以说，这是一场极其严酷的战争。康拉德说，在匈牙利，书报审查过程有三个级别：第一是自我审查，用鲁迅的话说，是自己先抽掉一根骨头；下一级是文化机构的审查，包括从编辑到党政官员的整个层面；最后还有政治警察，负责监视，并定期向上级汇报有关情况。在审查的层层关卡之前，作家不能不主动改变作品的形式和手法，其中最常见的有寓言、象征、隐喻、反讽、荒诞、影射等等，以保护实质性的思想内容不被删除。

说到地下写作时，索尔仁尼琴曾经援引沙皇专制时代的老例，如普希金用“隐语”写出《叶甫盖尼·奥涅金》第十章，恰达耶夫长期采用“密写”的方式写作等。至于索尔仁尼琴本人的表达方式则是完全袒露的，忠实于他的记忆而不容有所亵渎。但是，其他作家未必如此。就说扎米亚京，这位被党报点名为危险的颠覆分子的人，即使抨击现实政治，也不得不常常使用讽刺；他的著名小说《我们》，完全是寓言式的，把国家奴役设计为一个扼杀了个性和自由的集体主义城市乌托邦。虽然小说最后无法在国内出版，但是扎米亚京为此作过努力，还曾在一次作家会议上宣读过。

有文网，就有“钻网的法子”。在施与政治高压的同时，也在一定程度上拓展了“地下性”的创造空间。在东欧，罗马尼亚作家米勒、马内阿在公开发表的作品中都带有一定的“地下性”，马内阿称为“密码式沟通方式”。在捷克作家中，从昆德拉，克里玛直到哈维尔，他们都有各自的一套密码话语。阿尔巴尼亚作家卡达莱在歌功颂德之余，写了一个小说《魔鬼宫殿》，反专制的主题异常鲜明，因为采用了荒诞的、寓言式的手法，一时蒙混过关，得以发表，不过，出版之后不久就被当局列为禁书了。

“地下性”是一把双刃剑，一面可以破除审查制度的封杀，但是，另一方面，又不能不因作者预计审查的威力而自行修饰、回避真实的意图，从而损伤自由思想的完整性及其反抗的锋芒。马内阿承认，他的作品由于使用“密码”，除了一些明显描写庸常生活的文字之外，其余部分只有最有经验的读者才能看懂。他有文章专论审查制度，称之为“文字的秘密警察”，“最可怕的权力武器之一”。他说，在极权社会里，没有一本具有独立品格的书可以通过警戒线出版，即使幸运出版，也是“替代品的版本”；至于他个人的已出版的书，则被他称作“残疾的儿子”。一百多年前，海涅如此写道：“那些思想的刽子手使我们成为罪犯。因为作者……经常犯杀婴罪：作者由于惧怕审查官而变得疯狂，杀死了自己思想的婴儿。”作者居然与海涅说的“思想的刽子手”——书报审查官成了“杀婴罪”的共谋，这是极其可怕的事。

无论萨米亚特作家表现出怎样的智慧和勇气，也无论他们作出了何等重要的思想和文学成就，都不能不承认，地下空间唯是专制时代的不自由的自由空间，它的存在是以人类创造力、心智和文化的惨重损失为代价的。萨米亚特的出现是一件幸事，作家至少借此拯救了自己，并因此拯救了政治高压下的怯懦而愚昧的人群；但是又何其不幸，他们本来就该享受充沛的阳光，自由地，毫无顾忌地写作。

“这是最后的斗争”，——当年的苏联东欧正是在《国际歌》的悲壮的旋律中建立起号称人民的政权的，结果，思想回到了牢笼之内，在繁荣的出版物中出现了萨米亚特。正如一位萨米亚特作家所形容的，在普遍的顺从之间出现了“异议者”，这种非官方的精神权威与官方的世俗权威之间的对峙，构成了这些极权国家的“真正的戏剧”。这类戏剧，可以变换不同的剧目接连上演，直至柏林墙轰然坍塌仍迟迟不肯落幕。

2010年6月20日

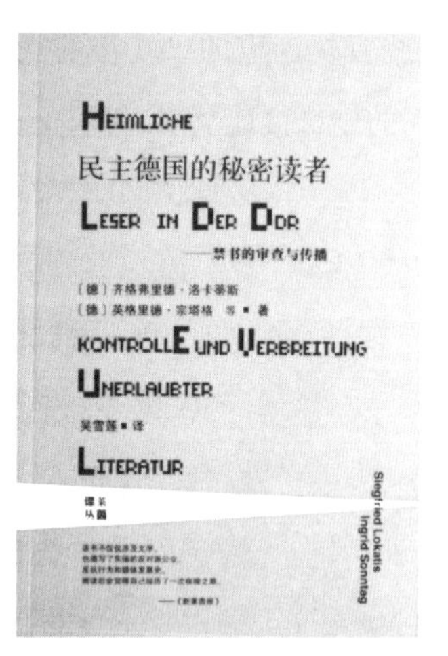

《民主德国的秘密读者》封面

东德海关工作人员接受培训，使用特殊X光机识别图书

审查制度与秘密阅读

在我国，有关禁书方面的书寥寥可数；其中，专一叙述号称“社会主义国家”的禁书者，《民主德国的秘密读者》恐怕还是第一部。

书的名目，来源于2007年在莱比锡召开的“民主德国的秘密读者”大会。所谓“民主德国”，早在十几年前即已成为历史，而德国人民仍然没有忘记把那段沉痛而屈辱的记忆发掘出来，讨论、研究、传播，做一些有着同样命运却善于健忘的国民认为是多余的事。在大会上，禁锢时代的见证者分别讲述当年如何打破审查和封锁进行秘密阅读的情况，书中的内容，即由大会发言稿整理汇编而来。这些保持缄默、被封存多年的话语，对于认识一个延续了数十年的极权体制具有重要的价值，所以有评论认为，此书是一份对民主德国社会史的贡献。

二战以后，德国国土被划分为东西两块，即苏军占领区和盟军占领区，及后分别建立“民主德国”和“联邦德国”两个国家，习惯上，我们称作“东德”和“西德”。东德同其他一批中、东欧国家都是苏联的小矮人，走苏联的道路；西德倾向西方，实行的是美国和西欧国家的民主政制。的确，这是两个对立的阵营；从上世纪四十年代末起，一个“冷战”时代就已经开始了。

东德是一个苏联式社会主义国家。它为特点是党在国家之上，由党治国，一党专政。由于强制实行政治统一，因此，要求思想一致性，加强意识形态控制是势所必然的事。书报审查制度本来是中世纪教会及君主专制制度的派生物，这笔旧制度的遗产何以为新国家所继承，绝对的集中与统一是症结所在。马克思对普鲁士的书报审查从来深恶痛绝，而东德的“马克思主义者”却奉之为“国宝”，真是一大讽刺。

东德审查体系的枢纽是隶属文化部的“出版社与图书贸易总局”，负责审批各项出版计划，并向最终授权的近百家出版社下发文件。出版社每出一种新书事先都必须通过发行许可审查。这是一种经典的预审查模式，其实是一种预惩制，把异端思想给提前处理掉。此外，它监控着全国的销售系统，统领图书馆、相关的外贸机构，包括版权贸易，并严格组织安排书号发放工作。它还不定期地向海关提供官方咨询性服务，当然，海关和邮局一样，处理邮递及日常图书审查更多地要和国家安全部门合作。

早在上世纪五十年代初，国家就发布了1945－1953年的筛除书单，令人想起罗马教廷的《禁书目录》。出版社的图书品种和内容受到严格限制，一些被认为有反党思想倾向的作家无法出版作品，出版之后，也要受到政治迫害。书中有两个著名的例子：巴赫罗写出《抉择》，交由西德出版，然后通过救护车成功偷运到东德。他没有被看作作家，而被视为间谍、叛徒、反革命而遭到逮捕。哈费曼通过地下渠道发表文章，批评斯大林和乌布里希，以及“标准化的马列主义”，被两次开除出党，并被东德科学院开除。

除了出版社，在图书馆，书店，书展，都要求建立“自主的检查体系”。就是说，除了审查机构的监控与审查，还要求互相监督和自我审查。书中写道：“最有效的控制和培训监控技术，其真正目的是自我审查，把作者、电影制作人和词曲作者、记者和科学工作者都自愿变做政权的‘精神帮凶’（布莱希特语）。”

对图书馆的审查，是指对图书发行传播的审查，目标针对各种信息传播载体，包括印刷商、出版人、销售商以及图书管理员，实质上读者被当成了监控对象。在图书馆的管理流程中，馆长决定一切。在分配完书目号之后，馆长要对“有问题”的图书进行预检，最终决定图书的可用度，对图书设置使用权限，并决定是否从书单和书库中剔除。图书馆设有封锁书库，即所谓“毒草室”。其间存放的书籍被归为法西斯主义、色情、非人道或者反马克思主义等类，即属于危害国家的书籍。所有这些书籍不能外借，只有出示证明才允许进去查阅。大约有点类似我国六十年代的“灰皮书”之类，印有“内部发行”、“内部参考”字样，以供应一定级别的干部和机关单位，但也同样需要持证购买。关于东德审查的严密程度，书中说是每本书的书名或标语、前言后记、索引目录以及作者或编者的名字构成了这本书的敏感词场，也就成了图书馆的调查对象，这种状态一直持续到1990年德国统一时为止。

书报审查制度豢养了一大批专门负责鉴定书刊的政治品质、凭身份随时制造权力又随意消费权力的隐身人，这就是“审读员”。国家利用他们窥探、监视、恫吓出版社，而鉴定费用又须由出版社负担。在书中，柏林新教出版社社长说他每年圣诞节前就会收到一份多达200本书目的长长的书单，每本都有评语和具体的鉴定费，然后，他就得按惯例统一签名付账。德国统一后，他曾在柏林某街区的国安部隐蔽处所内见到3000多份装订整齐的鉴定书，大为震惊。他了解到，这些审读员都是由国安部物色的，其中有神学家，也有来自多所大学的教授。他愤怒地说道：

> 我们认为最恶劣的审查官不是国家机关，而是这些所谓的审读员。和国家机关有商量的余地，他们也要在党中央面前汇报工作——他们也害怕，比我们还要害怕。更令人气愤的是我们无法认识的那群人，为国家机关提供审查辩词的那群人，就是因为他们那些鉴定书，有时让我们的工作进行得非常艰难。

1961年以前，柏林的西德边境还是开放的，东德的读者可以不断地从西德一边携带需要的书刊。在西德，各报社也乐于向东德同胞提供报纸，甚至免费取阅。柏林墙修建以后，特别在七十年代以后，旅游活动在封锁中变得频繁起来，此时，西德有关机构继续有计划地向东德教会、其他团体和个人输送报刊和宣传品。这样，在整个审查体系中，海关和邮局的作用便显得格外重要了。

邮局对投寄书刊有严格的规定：除内容符合意识形态的标准之外，寄件人和收件人都必须是私人并且每次只能邮寄一册，否则被没收。据统计，六十年代经没收的图书包裹每年达7万件，印刷物总计42万册，仅1960年一年，经检查的邮政包裹就有2100万件。从1963年起，各地区海关管理处专门成立了图书委员会；至八十年代，海关当局进一步要求成立图书审查核心工作组。海关管理处在建柏林墙当年的年度报告中写道："邮政检查涉及的检查工作及安保工作的口号，一律为'不能放过敌人'。"

所有的审查机构都通向国家安全部。在东德，国安部是一个握有无限权力，令人生畏的机关。极权国家一方面是专制政治，另方面是神秘政治，而国安部则是完整地体现了国家的这种既残暴又阴鸷的两面性格。国安部的人员及功能深入渗透到出版社、书店、图书馆、各种书展、海关和邮局，以致后来接管了邮政审查。可以说，国安部无处不在，随时随处捕获那些胆敢制造、输送和阅读禁书的"敌人"。由于它无权实施处罚，便与其他有权处罚的部门、机构如警方、法院进行有效合作，以确保其工作的"合法性"。一个国家，竟至于依靠安全部门插手文化，可见集权政治的全能性；实质上，这种干预只是维持表面的稳定，它根本无法掩盖统治关系的内在的紧张。

作为一种制度，书报审查自然生成它的对立面，那就是大批的秘密读者，也就是潜在的敌人。这些读者中除了市民、工人、教徒、危险的大学生和知识分子之外，还有官员和一般公务人员，覆盖面很广。所以说，书报审查并非是统治集团在唱独角戏，它是一个社会工程，一场众人参与的洗礼仪式，甚至是一场战争。

由于书报审查制度的存在，读者发明并发展出了一整套秘密阅读的技艺，从图书走私、行窃到地下印刷、复制与传播，五花八门，极具创意。自由领导读者。他们大多从个体出发，以不同的方式，目标一致地致力于打破禁闭的世界。中国成语所谓“魔高一尺，道高一丈”，确实如此。书中秘密读者的众多事例提醒我们，没有理由对人类进步的未来丧失信心。

从书中可以看到，每位秘密读者都是名符其实的“藏书家”。有一位编辑说，他把最著名的禁书《新阶级》装进塑料袋捆好后丢入化粪池，后来他才知道，这种藏书法并非他的首创，国安部知道，每个“白痴”都是这么干的。他还提到女作家金斯堡写劳改营经历的《生命的轨迹》没有封面，也没有内封，而是被一层油布包着，据说该书由西德出版，然后空投到东德境内，所以才用防水油布做封面。图书走私商埃克特的书架有120本禁书，由于害怕国安部发现，把它们全都藏到了屋顶上。从西德带书到东德，人们常常把书藏到火车的厕所里，办法是用钥匙或简易螺丝刀把厕所的镶板墙揭掉，等过了边境再行取出。也有人过境时，关掉厕所水箱的进水口，用塑料膜把书包好藏进水箱，过境后再取出来，据说把书藏进厕所有个很大的好处，就是即使被发现，也无从识别藏书者的身份。为方便计，许多人将报刊藏进背包里或贴身上口袋里，也有人藏进裤腿里或者自行车轮胎里，有一个胖妇人还把报纸直接绑在肚皮上。在东德遭到严重迫害的宗教团体“耶和华见证人”的做法别出心裁，把《圣经》和它的核心期刊《守望台》剪成纸条，塞进无核的烤李子或者去了仁的核桃里面，然后把这些李子、核桃放在包裹里寄给狱中的教徒。

另一方面，在西德，策划秘密阅读的组织者采用科技手段，比如用无线电广播为图书做宣传，利用西风和热气球，乃至用定位精准的火箭分发传单和宣传手册，“耶和华见证人”则利用微型电影胶片。

由于国家垄断了出版业，一些怀有异端思想的编辑只好根据“斜线战术”安排出版计划。“斜线战术”源于古希腊，即左翼的大举进攻，右翼的则往后撤。这是一种隐蔽的，平衡的战术，相当于所谓的“打擦边球”的比喻。如果放弃原版书的出版，改为复制图书，那么读者只好重新采用传统的办法。这些办法，在他们手中也被发展到了极致。书中说，从手抄、背诵到手工印制艺术家手制书，各式各样的办法犹如剧场保留节目一般，令人看了不由得发出惊叹。

据介绍，八十年代，没有哪个国家像东德一样，每个印刷所，每台复印设备都要受到缜密的监察。因此，非法和秘密出版业得以在波兰等地出现，并获得相当的完善和发展，东德却是姗姗来迟。对比之下，东德有人慨叹：“他们那么多自由刊物令我们自愧弗如！"当然，这些称为“萨米亚特”的地下出版物勃兴的现象，与波兰众多政治反对派组织的出现有关，是反对派地下活动的组成部分。由于地缘政治的关系，波兰反对派多样化的活动内容和富于想象力的实践毕竟为东德反对派从事政治和社会反抗运动树立了典范。从八十年代中期以后，东德也出现了定期出版的萨米亚特刊物。东德的这类刊物比苏联晚了二十年，比东欧各国晚了十年；与邻国波兰相比，数量也少了许多，但是，在政治诉求和文字内容等方面都体现了高度的同一性。它们不但为苏联和东欧反对派独立政治运动的产生和铁幕的落幕起到重要的推动作用，在1989年以后东欧新民主秩序的建立中仍然迸发出特异的光彩。

随着时间的推移，到了七十年代，众多的秘密读者渐渐形成了若干圈子，开展了有组织的集体阅读活动。著名的有“阿多诺圈”，后来又有“潘科和平圈”等。加入圈子的大都是青年知识分子，他们阅读各种禁书，特别是政治、哲学和文学作品，定期进行讨论，唤醒了思想，培养了一种激进主义的政治热情。国安部调查圈内成员的理由，就是“教唆反国家”和“组建反国家团体”。

某个被禁的作家和作品，也可以形成一条“接受链”，把众多不同成分的秘密读者串连起来。比如小说家卡尔·麦，就有一个历时长久的庞大的阅读群，称“卡尔·麦爱好者团体”。巴赫曼的批判东德现存的社会主义的论著《抉择》，在国家安全部、国家计划委员会，各部委、统一社会党中央委员会的社科院、马列主义研究所、领导干部进修班里，都被不同程度地秘密传阅。出版社、报刊编辑部工作的编辑人员争相传阅，一家大学杂志《论坛》的编辑在阅读时害怕留下指纹，竟发明了带手套阅读的方法。《抉择》在很多地方，都是研讨会和书友会交流的内容。

书中提出一个“反对派公众”的概念，说：“凡有图书审查的地方，由反对派和抵抗者形成的公众就是反对派公众，这是对国家或体系持批判态度的公开言论被阉割的反应。”东德的垄断官僚专制体制对反对派公众异常敏感，所以除了一般采用书报审查的手段之外，必要让安全部门介入，并对从事反体制论坛活动的人给予刑法制裁。但是，所有这些，都无法阻止行动者和接受者的圈子的形成，其内部交流加强了参与者的批判意识和共同体的凝聚力，极大地提高了反对派的颠覆性能力。

德国是一个阅读大国。在那里，有世界上最大的出版公司和国际性书展。从书中可以看到，大量读者阅读、携带、收藏禁书是冒风险的，这种读书景观不妨说令人生妒。虽然，被官方缴获的图书中大多数属于低劣读物，包括黄色书刊，但是，仍然有极少数的政治性读物，被比喻为“能引发手榴弹般的反响”。重要的是，这些爆炸物为知识分子、社会精英所拥有，完全有可能在他们未来的政治实践中转化为巨大的能量。

有一个叫“反对非人道战斗团”的组织的领导者蒂利希非常重视阅读，他强调指出：“对极权主义的反抗开始并结束于每一个人身上”，必须“通过图书和优秀杂志”来“摧毁寂寞、实现集体的无声教育，借助精神作用来撒播欧洲文化已被腐蚀的土壤”。他认为，有意识地把自己变成欧洲文化的承载者，只适用于“少数人群”，适用于一个社会内部某个民族的特殊核心，“为将来辐射到全社会，重要的是以这类少数人群为核心并对他们起到引导作用”。

一位曾积极投身于“潘科和平圈”阅读活动的物理学家施达德尔曼有一段话这样说：“我们到底有多重要？这一问题无人能答。可以肯定的是，那段时间至少对我们这个小团体的成员很重要。混沌理论中称此为耗散结构。在热力学非平衡状态下，能量会在一定时间内达到稳定状态，进而推动不可逆转的变化：著名的蝴蝶效应——蝴蝶扇动翅膀改变了气候。”

1989年，气候改变了。

2004年1月16日

奥威尔：书的命运

奥威尔的著作有好几种中译本，个别如《1984》，还有好几种版本。比起别的外国作家，在中国，应当不太算寂寞。但是，对于他的生平情况，我们至今所知甚少，介绍的文字大抵是悭吝的。东方出版社出版的《奥威尔传》，作为目前国内唯一的一部关于奥威尔的传记，多少弥补了这个缺憾。在这部由美国人撰写的英国人的传记里，对传主在不同时期的生活经历，糟糕而有意思的各种体验，记述相当详尽；难得的是，对于他的著作的命运，其关注的深入程度不亚于个人生活本身，这是颇有见地的。

书的命运即是作家的命运，从本来意义上说，作家是藉他的著作而生存的。然而，文学历史上的生存大不同于

奥威尔

《1984》封面

现实世界中的生存，荣辱得失，往往适得其反。作家觉悟及此的，为数当不至太少，不幸天性聪明，结果都要现世报，这是无可如何的事。

奥威尔在这方面的表现相当鲁钝，好像他考虑的仅仅及于写作本身，也就是说，他过分忠实于自己的文学理想，所以，作品出版的阻力，也就随着他的“单边主义”行动而增大了。早期的作品且不说，仅后来的《动物庄园》和《1984》的遭遇，便很带点荒诞派戏剧的意味。社会上包括文学出版界在内的保守势力由来十分强大，趋炎附势，投机成性，并在长时期内形成主流。特异的作家，注定被排除在主流之外。所幸的是，对精神生产者的评价，恰如对精神产品的评价一样，都是观念范围的事，权力者的结论不可能成为“最终的审判”。这种不确定性，无疑增强了个体反抗的决心。事实上，要战胜一个具有信念的人，比征服一个骑兵旅要困难得多。

西班牙内战之后，奥威尔确认，俄式极权主义是现今社会的最大威胁，他一直坚持这个看法，甚至可以认为是固执的，正如他在西班牙战场上拒绝隐蔽，总是站着，保持在枪林弹雨中漫步向前的姿态一样。在文学上，反对极权主义的主题是全新的，当时除了阿瑟·库斯勒的反映苏联肃反的《中午的黑暗》等极少数小说及诗歌以外，虚构的大型作品几乎没有。在形式上，《动物庄园》和《1984》也表现出非凡的独创性，奥威尔从中极力渲染政治恐怖，并发出尖锐的报警信号以惊扰人心。

关于《动物庄园》，奥威尔承认说："它全是关于动物的，而且非常反俄！"传记阐释说，在这部关于极权主义俄罗斯蜕化、背叛和暴政现象的寓言中，几乎每一个细节都有政治所指。其中，人类指资本家，动物指极权主义者，无法被驯服的野生动物指农民，"造反"指十月革命，猪指布尔什维克，特别委员会指政治局。一些重大的历史事件都是被寓言化了的，如集体化、大清洗审判、喀琅施塔得海军基地水兵造反、俄德签订和约、斯大林与托洛茨基的斗争，等等。这部小说对苏联的揭露，恰好赶上了俄罗斯人在西方世界最受欢迎的时候，可谓反其道而行之，它的出版受到抵制是理所当然的事。直到正式面世，它前后被五家出版社退稿，这些出版社大体上都是基于政治方面的考虑；国家安全部门居然从中插手干预，目的是为了避免影响英国与盟国的关系。此外，还存在另一股政治势力的作用。据传记所引的一位美国诗人，历史学家彼得·维勒克于1952年所写的文章称，阻止此书在美国出版是一个阴谋，其中说："约有18到20家出版社，几乎是所有最重要的出版社，全拒绝出版这本我们这个时代最优秀的反苏讽刺作品。考虑到其洞察性、可读性、畅销性和民主观点，这么多次拒稿的动机，最可能的情况是有人对出版界成功地进行了渗透。”这就是神通广大的极权主义！当时在法贝尔兄弟出版社负责审稿工作的著名批评家T·S·艾略特拒稿时竟也这样表示：“我自己对这部寓言的不满意，在于它们给人的印象是全面否定性的”，“而其中的正面观点，以我之见，总体上是托派的，并非令人信服”；又说，“那些猪和其他动物比起来太有思想”，云云。这样的审查当然使奥威尔大为恼火，他愤慨地说：“不受贿，不恐吓，不罚款——只是点点头、眨眨眼，就完成了审查！”也有个别出版社的退稿出于经济方面的原因，因为关于动物的故事在美国根本卖不动。

1945年8月，《动物庄园》终于出版了。出版后，奥威尔还得忙着从一家书店跑到另一家书店，特意将它从儿童读物中搬到成人读物的书架上。可见它的寓意，不是立刻可以为人们所理解。据奥威尔说，当时的评论家，没有一个人说它是一本写得漂亮的书。

但是几个月后，连英国女王派人到出版社要一本《动物庄园》也要不到了，这时它已销售一空。谁也想不到，奥威尔成了一个“畅销书作家”。这样，等到四年以后出版新著《1984》，自然顺当许多。

然而，《1984》刚刚出版，便随即引起激烈的政治性争论。奥威尔在最后的日子里完成的这部小说，可以说，集中了他一生对于政治的全部思考，他把纳粹德国和极权俄罗斯的政治恐怖同二十世纪四十年代的伦敦相结合，打开了一个由国家控制思想、话语和日常生活的现代人的生存空间。传记说，主人公温斯顿是奥威尔的自画像：孤独、负罪感、身体虚弱、性受挫感，与社会疏离，对精神独立和道德正直的渴望。然而，在一个被规定的环境中，他不能不经受无休止的洗脑，备受监视和折磨。人们互相敌视，既是受害者，又是折磨者，小说中的每一个人到最后都无一例外地背叛了自己最亲爱的人。正如其中另一个人物奥布兰吹嘘说的，党已经改变了社会生活的基本原则，“除了对党的忠诚不会有别的忠诚，除了对老大哥的爱没有别的爱”，这就是一切。《1984》创造了一系列经典性词汇，如“老大哥在看着你”、“两分钟仇恨会”、“双重思想、”“思想罪”、“表情罪”、“蒸发”和“非人”等，高度概括了极权主义社会的本质特征。这是一部充满恐怖的书，但也是一部勇敢的书，睿智的书。出版以后，它受到的攻击和赞扬一样多，应当不难想见。许多重要的评论家都提到并承认它的不可思议的力量在于总结了一代人的政治体验，称赞作者的想象力和表现复杂政治事件的举重若轻的能力。舒勒高度评价说："在我们这代人读到的书中，没有另外哪部作品能让我们更渴望自由或者说更如此彻底地憎恶专制。"左派的书评者予以猛烈的攻击。《真理报》有文章说它显示了作者"对人们的蔑视和诋毁性目的"；美国的《大众和主流》在《每月一蛆》的题目下发表评论，指斥它是"对人类的诽谤"；《马克思主义者季刊》也指责作者是"神经质的"，是"对进步的一切都抱有令人压抑的仇恨"。当时的左派报刊称奥威尔为蛆、章鱼、鬣狗和猪猡，以致形成了一个批判奥威尔运动。

为左派所仇视的书，反而为右派所利用，这也是势所必至的事。1949年正值冷战的高潮，《1984》一出版就由盟国占领军总部介绍给日本，以警告人们提防共产主义的影响。它被称为"关于冷战的具有想象力的关键宣言"。当时，有一个叫"约翰·伯奇协会"的极右组织积极推销此书，甚至连它在首都华盛顿总部的办公室电话的尾数也改为 1984，可见狂热的程度。及至1984年，在社会主义国家波兰，团结工会秘密发行了奥威尔邮票、非法日历和被禁的《动物庄园》及《1984》，还放映了由这两部小说改编的电影。1989年，苏东事件发生，1991年，苏联解体。世易时移，奥威尔的预见性如何？俄罗斯哲学家格里高利·波莫兰茨曾引述他的作品，并重复米沃什于1953年时说过的话：奥威尔比任何人更了解“我们这个社会的灵魂或无灵魂的特点”。这两部小说的中文版，于“文革”结束后相继问世。应当承认，在中国，奥威尔的作品和思想，并没有得到如国外一般的重视。据传记记载，《1984》在英国的首印数为26 500册，而美国的首印数是20 000册，另加每月读书会的头两次印数54万册。至1984年，此书的英国企鹅版仍一年销售75万册。而美国一天就要卖掉1 000册。五年后《动物庄园》和《1984》一起以超过60种文字出版，并卖出了4 000万册。

这是一个惊人的数字，但也是一个朴素的事实：书与人一样，可以经受各种不同的遭遇，或被攻击，或被利用，也可能长期遭到漠视。但是，所有这些都于它无损，它可以保持固有的品格而不被改变。两部书和一个国家对峙了近半个世纪，结果，书保留下来了，而这个庞大的国家在世界版图上已然消失。归根结底，不可战胜的是谁呢？

2004年5月

中午的黑暗

我们的原则都是对的，但是我们的结果都错了。这是一个有病的世纪。我们以显微镜的精确诊断了疾病的起因，但是不论我们在什么地方应用手术刀，总是有个新伤口出现。

——〔英〕阿瑟·库斯勒

1

《中午的黑暗》，阿瑟·库斯勒著，董乐山译。作家出版社，1988。上海译文出版社，1999。

阿瑟·库斯勒

《中午的黑暗》封面

这是一本令人悸动的书。

《中午的黑暗》最早同米兰·昆德拉的小说一起，被作家出版社编入“作家参考丛书”。作者与昆德拉同为东欧人，因此在他们的书中，自然含有一些共同的东西，但不同是明显的。昆德拉的书，使人想起一具具完整、光洁、手艺精巧的器皿，所盛是甘美的酪果；库斯勒的书则像一只容量适中的木桶，厚实，质朴，桶内装的地粮。昆德拉的书充满哲理，在疏密有致的情节中，格言犹如银子打造的饰物一般耀眼。在库斯勒的书里一样有哲学：政治哲学，历史哲学，还有人生哲学；但是，它没有表现为昆德拉式的抽身而出的智慧，它是沉潜的，深入的，进入内心的，作茧自缚的。而且，这种哲学与情节搅和在一起，以致译者把它解说为一部“理念小说”。如果说，昆德拉是思的，库斯勒则是反思的；如果说在昆德拉那里，有一种“不能承受之轻”，那么在库斯勒这里，就有了一种不容回避之重。

十年过后，中译本有了新版。新版本封面由墨蓝色改为绿色，装帧讲究许多，惟扉页多出一幅原著插图。据介绍，插图是作者与人合作的，简洁有力，足以传达原著的精神。图中左右为两条大汉的半侧身，突出各自的大手，夹着一个全裸的犯人，拖过长长的廊道。倘若往长廊远端望去，犹如无底的黑洞；往回看则像一只巨形喇叭，正在播放着一个根本听不到，却是人人都能听懂的恐怖的声音。

2

小说看起来是一部正剧：新的代替旧的，“人民”始终如一，控制不断强化，社会坚如磐石。问题是，事实判断与价值判断并非一致。在这里，存在着两种不同的价值观念，它们是歧异的，对立的，颠倒的。现实中的喜剧，在道德背景上几乎无一例外地表现为悲剧：领导即独裁，解放即奴役，前进即倒退，为希望所导引的一切逐步归于毁灭。

这是革命的悲剧。悲剧由众多革命者的命运构成，在作者笔下，他们的命运没有表现出更多的差异性，而是趋于高度一致，带有某种宿命的意味。主人公鲁巴肖夫是一个老布尔什维克，因接受共产国际的派遣，在欧洲各国长期从事秘密革命的领导活动。在斯大林即“第一号”发动党内大清洗之后，他对党内的政策及由此产生的反常现象表示质疑，于是被捕入狱；经过三次提审，接连的精神折磨，终于承认了强加给他的“叛徒”、“反党”、“反革命”等罪名，最后遭到处决。环绕鲁巴肖夫的活动，展开另外一批革命者的人生轨迹；可怕的是，无论他们的性别、年龄、身份如何，这些轨迹的交叉点都是孤独与死亡。理查德是一个市的小组长，因为坚持说出事实的真相，被认为“散布惊慌气氛”，“有利于敌人”，危害革命而被开除出党。小洛埃长期为党工作，却蒙受组织的怀疑，一度被抛弃为流浪汉；重新工作后，因对组织的——其实是苏联强加的——决定表示异议，被指为“奸细”，最后上吊自杀。阿洛娃是鲁巴肖夫的秘书和情人，可以说，她已经把青春的生命无保留地交给了组织。“你愿意怎么样待我都行。”她的这句话，使鲁巴肖夫终身难忘。可是，由于她的社会关系而被告参与反对派的阴谋时，他仍然做了公开声明，以牺牲她作为代价保全自己。在理查德的眼中，鲁巴肖夫“像自己的父亲一样可靠可信”，然而，正是这“父亲”般的人物彻底拒绝了他。当鲁巴肖夫对他说“我再也没有话要同你说了”之后，他表现得那么自卑、惊恐、无助。小说有一段注满深情的文字，表达他对组织的留恋：

“同志，但——但是您不能告发我，同志……”理查德说。出租车慢了下来，离他们只有二十步远。理查德缩着肩站在鲁巴肖夫身旁，他拉鲁巴肖夫的大衣袖子，正对着他的脸说话；鲁巴肖夫感到了他呼吸的热气，额角上有一阵潮湿的感觉。

“我不是党的敌人，”理查德说。“您——您不能把我喂狼，同——同志……”出租车在道旁停下，司机肯定听到了最后一个字……

“去车站，”鲁巴肖夫说，进了汽车。司机伸出右手把他身后的门关上。理查德站在人行道边上，手中拿着帽子，他的喉结上下迅速移动。汽车启动了，……鲁巴肖夫不想回头看，但是他知道理查德还站在人行道边上，看着出租车后的红灯。

温情使我们感觉到了对面逼人的冷酷。霍布斯的公式：“人对人是狼”。在革命队伍中，在自己的国家内部，一样的血腥，一样的杀机四伏。所谓“敌人”或者“同志”，他们的区别到底在哪里？

鲁巴肖夫说：“为了解决意见分歧，我们只知道一个证据：死亡。”理查德们的死亡，是在鲁巴肖夫的记忆中发生的；而现实中的死亡，其蔓延则更为迅速而宽广。在监狱里，犯人常常突然消失。舰队司令鲍格罗夫因为主张建造大吨位、远航程的潜水艇，与党主张小吨位、近距离不同，自然被作为“反对派”被处决。他被带走时呻吟着，最后留下的，是呼叫鲁巴肖夫的名字时那不像人样的声音。预审官伊凡诺夫彻夜审讯鲁巴肖夫，而且确信鲁巴肖夫会在次日签字，但是等不到这一刻竟已一命呜呼，原因是有了同情鲁巴肖夫的嫌疑。接替他的是他的部下，冷酷的新人格列金。小说反复多次写到牙疼，以及钉挂肖像的墙壁所留下的空白，那是接连了无数记忆的痛苦和神秘莫测的死亡。一个不可思议的事实是：正是革命，造就了一个荒谬的世界。

然而，各式死亡，以及为此寻找的根据与编造的谎言，都完满地契合于同一逻辑。在前两次提审中，伊凡诺夫对鲁巴肖夫大谈“逻辑”。所谓逻辑，就是把他的思想推理到一个结果，同过去和现在求得一致，同生者和死者求得一致。无独有偶，鲁巴肖夫在入狱前对待他的受害者也同样大谈逻辑。他说：“运动是不讲情面和顾忌的；它毫不在乎地朝着目标前进，把淹死者的尸体冲到航道的拐弯处。它的航道有许多转折和拐弯，这是它存在的规律。不能跟上它的曲折航道的人就被冲刷上岸，因为这就是它的规律。个人的动机，在它看来并没有关系。他的良心，在它看来也没有关系。它也不关心他的脑袋里和内心里是怎样想的。党只知道一个罪恶：那就是背离它规定的航道；只知道一个惩罚：那就是死亡。在运动里，死亡并不是一件神秘的事；它并没有什么高尚的地方：它是政治分歧的合乎逻辑的解决。”正如他所感受到的，运动和党就是他的过去，现在和将来也属于党，他同党的命运是不可分离地连在一起的。作为老一代革命者，伊凡诺夫和鲁巴肖夫是一起成长的孪生子，他们从共同信念的同一脐带中吸取营养，有同样的道德标准，同样的人生观，用同样的方式思想。正因为如此，伊凡诺夫才敢于断定，鲁巴肖夫屈服的时候不会是出于怯懦，而是出于逻辑。逻辑是决定性的。逻辑成了宿命的根由。最后，鲁巴肖夫果然放弃了抵抗，而承认了起诉书控诉他的所有罪行。虽然他曾经质疑过这一逻辑，但是他借以质疑的根据，仍然来自这一逻辑。正如小说所叙述的，“四十年来他一直严格地按照他的教派的誓言，也就是党的誓言生活。他坚持逻辑计算的规律。”他别无选择。他在日记中写道：“我们抛弃了一切传统，我们惟一的指导原则是后果逻辑。我们航行没有伦理压舱物。”这是可悲的。

在这里，“逻辑”是意识形态，是教条本本，是组织原则，是思维方式，它深入到个人、集团和社会的各个方面，结合霸权的维系而成为信仰、真理，成为现实，成为简直无从改变的所谓的“历史意志”。

鲁巴肖夫死前，发现有一个没有形状的人影俯在他身上。他分明地闻到了手枪套的新皮革味。“但是那个人影的袖上和肩上佩的是什么徽章？它以谁的名义举起手枪的黑黝黝的枪膛？”其实，什么样的徽章和名义并不重要，因为所有这些都可以变做一样东西，被抓到一只大手之中随意挥舞。只要逻辑得到贯彻，它就可以成为世界上最伟大最神圣的事物的代表，如果需要的话。

3

必须重新定义革命。

什么叫革命？革命的全部意义包含在“目的与手段”之中。关于革命的目的，小说没有直接的正面的说教，倒是鲁巴肖夫在现实批判中有一段话注意及此：

> 为了保卫国家的存在，我们得采取特殊措施，规定过渡时期法律不论在哪一方面都是同革命目标相违背的。人民的生活水准比革命前要低，劳动条件要差，纪律更不讲人情，计件苦活比殖民国家对待土著苦力还差，我们的两性关系法律比英国还要古板，我们的领袖崇拜比反动独裁政权还要拜占庭式。我们的报纸学校都提倡沙文主义，军国主义，教条主义，盲

目服从和愚昧无知。政府的专断权力是无限的，是历史上没有先例的。新闻自由，舆论自由，迁移自由被彻底取缔，好像从来没有过人权宣言似的。我们建设了最庞大的警察机器，告密成了全国性的制度，肉体和精神苦刑拷打成了最先进的科学方法。我们鞭策全国呻吟中的民众驱向一个理论上幸福的将来，这只有我们才能看到。因为这一代的精力已经耗尽，这些精力已消耗在革命中。

在鲁巴肖夫的严厉的内心拷问中，我们还不止一次听到这样的声音：

……我们的意志坚定纯真。我们应该得到人民的爱戴。但是他们却憎恨我们。我们为什么这样令人生厌？

我们为你们带来了真理，但是在我们口中，它听起来是个谎言。我们为你们带来了自由，但是在我们手中，它看起来像条鞭子。我们为你们带来了活着的生命，但是在我们的声音可以听到的地方，树枝枯萎，可以听到枯叶嗦嗦地响。我们为你们带来了未来的希望，但是我们的舌头口吃，只会吠叫……

革命出现了异化。革命目的完全翻到了它的反面。革命的异化现象是随着它的进程变得更为严重的。还在革命初期，处在基层的小洛埃通过实际斗争已经敏感地意识到了这种变化，说："党越来越像一块化石了。它的每一条肢体都患血管硬化，青筋暴突了。不能这样来进行革命。"以致革命政权建立以后，活力减少了，就像鲁巴肖夫形容的那样，一切反映为上层的权力变动，而下层依然保持漆黑和沉默，人民群众再一次又聋又哑。小说通过鲁巴肖夫对逻辑的思考，指出："政权越稳定，它就越僵化，为的是要防止革命所释放出来的巨大力量掉转头来把自己冲垮。"革命目标始终受到障蔽，革命原则一再被涂改，显然，有一种强大的逻辑力量在起作用，那就是：手段至高无上，运动就是一切。伊凡诺夫和格列金都是惟手段论者。伊凡诺夫多次表示说，"为了目的可以不择手段这一原则，仍是政治伦理中的惟一法则。"格列金同样以肯定的语气说："党的路线是明确规定好了的，党的策略是根据为了实现目的可以不择手段——毫无例外，一切手段——的原则决定的。"原则无可争辩。然而，鲁巴肖夫的经历表明：他正是为了这个原则牺牲了别人，而自己也因此遭到牺牲的。当他远离了"形而上学的妓院"，退回到记忆和现实的门槛之前，他会清楚地发现：为了达到目的而不择手段，这无非是“制造政治”而已。

所谓革命，是以人类的解放和进步为前提的，它必须符合人道主义这一最高原则。革命把人民群众动员起来，只是为了他们能够以足够的力量扭断锁链，冲破牢笼，争得自身所应拥有的权利和尊严，而不是把群众运动当作工具，权宜的手段，为个别的集团或领袖人物谋取特权。小说中的“第一号”就是这样的人物。群众也不是个人的简单的集合体，就像鲁巴肖夫与伊凡诺夫讨论陀思妥耶夫斯基的小说《罪与罚》中的学生拉斯科尔尼科夫有没有权利杀死一个老妇人的问题时所强调的，“数学单位是人的时候，二乘二不是四。”在群众中，个人的生命，利益和自由意志必须受到尊重和保护。生存者是幸福的。生活着是美好的。小说中多次写到脚拇趾的扭动形态，它是作为血肉之躯的一部分而出现的；哪怕是很小的部分，也将因为它生动的提示而令人永远留恋所在的世界。理查德的口吃，阿洛娃的大眼睛、白皙的脖颈和弹性的胸脯，鲍格罗夫的呻吟与呼叫……记忆就是为这些生命现象所撩拨产生的，因而有了现代心理学家所称的“海洋感觉”。然而，在实际生活中，生命恰恰遭到敌视。“肉体清算”每天都在进行，此外，是大量的决议，指示，教条，原则，抽象逻辑对生命实存的禁锢、绞杀和葬送。鲁巴肖夫强调不能像对待物理试验一样对待生命个体，对待历史；因为前者可以上千次地作同一试验，但是对后者只能有一次。然而，他知道，“无限是政治上可疑的一个量，‘我’是可疑的一个质。党不承认它的存在。”已故的伙伴们以巨大的沉默表明，“党否认个人的自由意志——同时，它要求他自愿的牺牲。”对他个人来说，从事革命工作四十年，“党取走了他所能贡献的一切，却从来没有给他答复。”组织与个体，逻辑与生命的对立是明显的，以致他不能不承认：“人道主义和政治，对个人的尊重和社会进步是互相不能容忍的。”可以说，正是这一无法解决的悖论，构成了全书的主题。

在目的与手段之间，鲁巴肖夫一直是钟摆一样来回摆动。作为党的一名忠诚战士，他相信这样的逻辑：“个人算不得什么，党才是一切，树枝若从主干上折断，必然枯萎而死”；为了维护屹立的大树，一直听任手段的摆布，以致终于导向公开审判这场古怪阴森的把戏。事实上，手段战胜了目的。惟有在内心深处，他仍然保持了对目的的探寻，并以目的质疑手段。问题的复杂性在于，长期的严密的组织生活——失去自我的生活——使人处在运动惯性的过程中，难以看清革命的目的；即使有所察觉，也不敢向自己充分承认。其实，早在理查德事件以后，内心分裂的事件就随之发生了；直到被处决前夕，这种个人的觉悟才以想像或幻觉的形式出现。但是，他已经不可能为未来的“新的运动”而斗争了。他曾经问一位农民道：“你记得圣经中那一段沙漠里的部落开始叫喊：让我们选个队长，让我们回到埃及去吗？”他没有给带到山顶上，就被沉重地击倒了。围绕他的只有沙漠和无边的黑暗。在他与经济的天数做斗争的最后时刻，周围这个使他为之奋斗四十年的世界，激起他的最辉煌最美丽的想象的，竟然是纯粹属于个人的和生命的。当他在审讯中晕倒被抬出院子里时，刚刚醒来便立刻为刺骨的新鲜空气和惨淡而清新的阳光所陶醉。小说写道：“他以前没有充分欣赏这种美事，真是愚蠢。为什么我就不能干脆地活着，呼吸新鲜空气，在雪地上散步，让脸上感到阳光的温暖呢？”革命者把他追求的目标，从最远的高处移至自己的脚下，他只渴望获得一个普通人的正常生活的权利，仅此而已。

目的与手段，到底谁战胜了谁呢？无论对革命者，还是对于革命，这都是富于讽刺意味的。

4

小说通过插叙，内心独自及分析，展现了主人公鲁巴肖夫的斗争经历，同时也就是革命的历程。在监狱中，他已经把以前对于革命的种种疑虑和质询，推到了一个明确的极限：“第一号的政权玷污了社会国家的理想，甚至像一些中世纪的教皇玷污基督教帝国的理想一样。革命的旗帜降了半旗。”显然，他的思想不复切合“逻辑的结论”。通过痛苦的反思，至少通过多少有点近乎自我麻醉的“语法虚构”，他已经能够从抽象的“人类”回到有血有肉的单数，回到良心那里去了。当他知道了自己的下场，知道了生命的最后期限，完全应当而且可以为自己辩护，作一次丹东式的英勇无畏的发言，事实上，他也确曾有过这种念头的诱惑；然而，他放弃了质问充当他谋杀第一号的证人的权利，把燃烧在舌尖的话强咽下去了。最后的发言是出人意外的宁静：

> ……反对派被打败，摧毁了。如果今天我问自己，“我为什么而死？”我面对的是绝对的空虚。如果一个人死时不后悔，不同党和运动和解的话，那么他的死是没有目的的。因此，在我的最后时刻的门坎上，我向国家，向群众，向全体人民跪下双膝。政治把戏、讨论和阴谋都已结束了。我们在检察官公民要求把我们判处死刑之前，在政治上早已死了。让失败

者见鬼去吧，历史已把他们踏为尘埃。法官公民，我对你们只有一个辩解：我现在这么做并不容易。虚荣心和残存的自尊心向我低语，叫我默默地去死，什么也不要说；或者以一种高贵的姿态去死，临死唱一曲慷慨的悲歌，把心中的话都兜出来，向你的起诉人挑战。对于一个老叛逆来说，这样做会更容易一些，但是我克服了这一诱惑。至此我的任务已经完成，我已付出了代价，我同历史的账已经结清。请求你宽恕将是嘲笑。我没有别的要说了。

对此，除了看门人瓦西里以为别有深意而有所保留之外，无论持正统派还是反对派立场，都不会完全认同，因为这既没有对犯下的罪过表示忏悔，相反也没有对强加的罪名表示反抗。围绕革命问题所产生的尖锐对抗的事物，通过鲁巴肖夫的最后发言，一切趋于和解。

对于鲁巴肖夫来说，他只能如此。

这是把长达四十年的生命献给了党，熟悉党如同熟悉自己的肌体一样的职业革命家鲁巴肖夫，这是在无限和有限之间不断穿梭往来的思想者鲁巴肖夫，这是身陷绝境而对这境遇有着深刻认知的死刑犯鲁巴肖夫。他只能如此。

他清楚地看到，斗争环境早已改变，即使被看作“反对派”，此刻也被剥夺了公开斗争的合法性。当年创造了“革命”这个神圣名词的老一代革命者，为了废弃权力而梦想掌握权力，为了让人民放弃忍从暴政的习惯而梦想统治人民，如今却到哪里去了呢？“他们的头脑曾经改变了世界的进程，却都吃了一颗子弹。有的在前额，有的在后脖颈。”当他们被为之奋斗的“革命”当成“反革命”，而像自己一样作最后的告别演出的时候，没有一个把被告席变做讲坛，向全世界揭露真相，展示真理，把无耻的控告扔还法官，像法国革命时的丹东那样。他们或者为了逃避肉体的痛苦，或者希望保全脑袋，或者害怕连累家人和朋友，总之因为恐惧而使他们中间最优秀的分子保持了缄默，甚至愿意充当替罪羊。“他们陷在自己的过去中太深了，陷进了他们自己布置的罗网里，根据他们自己的法则，歪曲伦理和歪曲逻辑；他们都是有罪的，尽管不是他们控告自己的罪行。他们没有退路。他们从舞台上走下场是严格地按照他们自己的奇怪游戏规则进行的。”其实，鲁巴肖夫自己不也是这样走下场的吗？

“新一代”已经形成。“新一代”代替了“老一代”，这是一个让人无法接受而又不能不接受的严酷的现实。在审讯中，一直主张用酷刑，最后置鲁巴肖夫于死地的预审官格列金，还有小说最后出场的看门人的女儿，青年工人瓦西里奥夫娜，都是新一代的代表。这是“在洪水以后才开始思想的一代”，“生下来没有脐带的一代”，没有传统，没有过去，没有记忆同旧世界相联系；他们被“伟大的政治策略家”改变成为盲从、粗暴、冷酷的新时代的野蛮人，丧失了道德感，人情味，没有轻松，也没有悲哀。他们只知道保护矗立于社会之上的既成的“堡垒”，并且用这一原则阐释一切，辩解一切。新一代的产生，意味着革命的蜕变是必然的。

但无论是意志消沉的老一代，还是咄咄逼人的新一代，都一样没有爱，没有同情，即鲁巴肖夫的所谓“伦理压舱物”。没有压舱物，革命和革命者就只能被大海无情地抛弃。

“人民”在哪里？小说写道：“四十年来他们用威胁和允诺，用幻想的恐怖和幻想的酬报把人民赶进沙漠。”沙漠中的人民在小说中演变成为旁听席上的群众，其中的场面，与中国作家鲁迅的小说《药》描写处决革命者的情景十分相似。当被告鲁巴肖夫的审讯快要结束时，关于谋杀党的领袖的罪名的辩护随即引起听众的愤怒的风暴，不断地有人叫喊：“把这些疯狗杀了！”鲁巴肖夫曾经以热切的眼光，在旁听席上寻找一张同情的脸孔，结果，发现那里有的只是冷漠和嘲笑。即使他因此感到寒冷，试图最后一次用自己的话来为自己取暖，也不得不因为倾诉对象的缺席而打掉这个愿望，颓丧地低下头颅。太晚了。鲁巴肖夫发现已经太晚了。“回到原路上去已经太晚了，再次踩在自己的脚印上已经太晚了。说话不能改变任何东西。”

小说引用了拉萨尔剧本《济金根》的话：“没有道路就别给我们指出目标。”然而，目标已经指明，道路却没有找到，甚至根本不可能找到。作者借了鲁巴肖夫的“相对成熟的理论”表明：“每次历史阶段的发展，总是把群众抛在后面，使他们处在相对不成熟的状态，这就有可能和有必要出现某种形式的绝对领袖的领导，而人民往往需要好几代人的时间才能认识到自己用革命的手段所创造的新状态，在此之前，民主政体是不可能的。我们眼前出现的全部恐怖、虚伪和堕落不过是上述这个规律不可避免的看得见的表现。在群众成熟的时候，反对派的责任和作用是诉诸群众。在他们不成熟的时候，只有蛊惑人心者才诉诸‘人民的最高判断’。在这样的情况下，反对派只有两条路可以抉择：发动政变夺权，而不能得到群众的支持，或者在无声的绝望中听任命运的摆布——‘默默地去死’。”

鲁巴肖夫和他的同时代人的悲剧，远远超出为中国人所惯称的“冤案”范围；疼痛如此广泛，如此深邃，而直达个人心灵。最大的悲剧是心灵的悲剧。当历史无法跨越，时代难以改变，所有有目的的行为都属徒劳的努力，不是走向反面就是返回原处时，意义消解为虚无。凡是声音都没有回应，凡留痕迹处都遭到覆盖，这是本来意义上的死亡。跟生命归于毁灭一样，死亡是可悲哀的，而感受死亡——死亡不复为人们所记忆，所追究，则是死亡的死亡——当是更沉重的悲哀。

5

整部《中午的黑暗》，是一部关于革命和革命者的沉思录。

在书中，革命否定了革命者，但也通过否定革命者而否定了自身。革命者则否定了革命，肯定革命的目的而否定革命的手段；与此同时，他也否定了自己，肯定自己的现在而否定自己的过去，但最终连现在的自己也给否定掉了。忠诚与背叛，肯定与否定；革命之革命，否定之否定。关于革命，本书一大特点，是完全撇开了对敌斗争，而在自己的队伍内部寻找斗争目标。在某种意义上说，叛徒是比公开的敌人更危险，也更可恶的。问题是：谁是叛徒？谁从根本上背叛了革命？由于第一号长期处于党的正统地位，这样，叛徒的恶名便自然落到了鲁巴肖夫以及所有“反对派”的头上。

作为叛徒，鲁巴肖夫并没有出卖同志，却出卖了自己的良心。作为叛徒，在他的一生中，从来不曾发生过任何投靠敌人一类细节，却也曾以敌人的手段对付自己的同志。虽然，这一切都是组织通过他进行的，是组织的阴谋与叛卖；但是，他毕竟有着不可逃避的个人责任。因为，组织本来就是由无数的个体所构成，而所谓逻辑，也必须经由无数个体的实践而体现。当他一旦做了一贯忠实于党的自己的叛逆，也就是说，一旦良心发现时，必然地要站到党的对立面。然而，在行动上，他没有做出任何有损于党的行为；直到最后判决，他的表现，也同所有革命老一代一样恪守一贯的逻辑。如果说是叛徒，他只是思想的叛徒；这种叛逆的思想，在现实生活中并没有能够找到可以传播和适宜生长的土壤。我们注意到，当他在思想上叛离了党的原则时，仍然坚持了革命的原则，社会运动的原则，仍然关心人类的命运和文明的变迁。他曾经幻想过，在“大黑暗时代”过去以后的将来，还会有新的政党新的运动兴起；而这个新兴的实体，正是被革命的原则赋予了一种新的精神，把正当的目的和纯洁的手段结合到一起。

在他这里，革命的原则优先于党的原则。他可以成为党的叛徒，但始终是一位皈依革命的圣徒，或者说是一位革命的原教旨主义者。

在小说中，鲁巴肖夫充满矛盾，内在世界是丰富的。这种丰富性，与其说得助于作者的艺术想像，毋宁说是复杂的现实斗争所赐更为合适。这是一位特异的叛徒。在苏共大清洗的日子里，不知有多少如此特异的叛徒，也如此一样“默默地去死”，献身于为自己所提前奠基筑就的革命的祭坛！

然而，谁来抚哭他们？

1941年，大清洗的血迹未干，库斯勒为牺牲的叛徒写下了自己的悲痛的悼词：《中午的黑暗》。那原因，在于他也是一位鲁巴肖夫式的人物。据介绍，库斯勒是英籍匈牙利裔作家。早年参加国际共产主义运动，是三十年代苏共的大清洗，使他不满于斯大林的个人独裁，以致对共产主义运动产生幻灭感。脱离运动后，他依然积极参加西班牙内战，同法西斯佛朗哥军队进行斗争，遭到俘获，被判死刑。由于世界舆论的支持，他方获释放，从此在巴黎从事著述。二战爆发后，又被维希政府逮捕，拘禁到1940年，从此前往英国，定居伦敦。1983年，与其妻双双自杀。可以说，作者是以其曾经战斗过来的革命者的命运，阐释了他笔下的鲁巴肖夫的。

正是这样一部充满着理想的光辉和战斗的激情——连绝望的灰烬也闪耀着火红色——的小说，被普遍看成为一部“反共”的作品。于是，在西方，它被译成多种文字一版再版，仅在美国，从问世之日起至1979年止，便一共印了二十六次，并作为经典名著收入“现代文库”；相应地，在东方也就成了一部禁书。对此，译者在译后记中辩护说：“在斯大林个人独裁下，不论是在第三国际还是苏共本身，马列主义政党的原则已经遭到了践踏和破坏，由此而带来了对共产主义运动的扭曲和畸变，但这并不是运动本身的应有素质。如果说《中午的黑暗》揭露和声讨这种扭曲和畸变现象是‘反共’，那无异是承认这种扭曲和畸变是共产主义运动的本色。任何一个曾经对这个运动的目标抱有崇高理想并为之奉献一生的人不论从思想上或者感情上都是不能接受的。”接着，译者批评说，由于作者未能具备我们的历史眼光，因而不像我们那样能够把这种扭曲和畸变同运动本身划清界限。这种批评未必是确当的。因为小说自始至终，都在革命的目的和手段之间进行过反复多次的划分；手段在作者那里是包容更广的，它不仅指形形色色的策略，还包括了连同主体在内的发展变化的全过程。

有谁具备了译者所称的那种“历史眼光”呢？就在中译本《中午的黑暗》出版的次年——1989年，在作者以及他的小说主人公鲁巴肖夫的故乡，便发生了震撼世界的巨变，史称“苏东事件”。1989年事件，不但译者始料未及，即使世界上最明智最敏锐的政治观察家，也不曾作过准确的预见。

人类社会就像大海一般，茫茫相接，涌浪千叠。小说的结尾写到鲁巴肖夫之死：后脑先后受到两次摧毁性的打击，眼前的晕眩与黑暗，正好切合大海的意象。这是另一种“海洋感觉”。他颠簸在海面上。一道道的雾。海和海涛声。一阵波浪把他托起，它从很远很远的地方来，又继续向前逝去……

一滴水和一个大海。这既是关于本书主题的隐喻，也是关于革命时代的象征。我们能说尽其中的奥秘吗？我们只知道，故事发生的时候，正值“中午的黑暗”；至于风波涌起之后，时间的地图作了怎样的转移？在小说中是没有交代的。但见安详的大海，一切如恒，一切无声无息……

2000年7月

被禁锢的头脑

控制人们的头脑是控制整个国家的关键，语言文字就是制度的基石。

——〔波兰〕切斯瓦夫·米沃什

让思想冲破牢笼。

——〔法〕欧仁·鲍狄埃

对米沃什来说，《被禁锢的头脑》是一部标志性的作品。1951年，米沃什离开波兰驻法国大使馆文化参赞的位置出走。此后两年间，他写作并出版了这部随笔集。在一定意义上，可以说，这部书带有某种自我诠释的性质。

米沃什

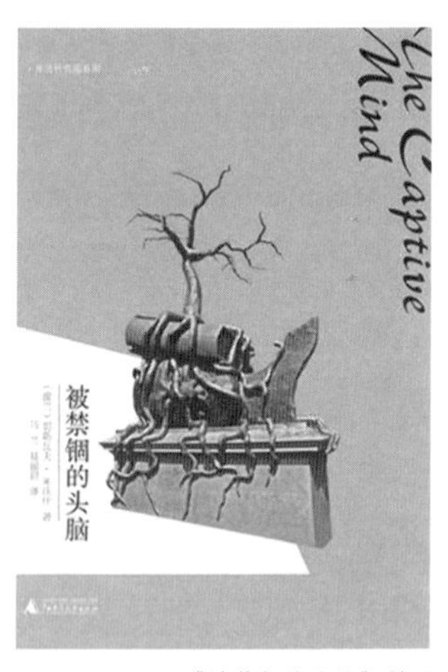

《被禁锢的头脑》封面

实际上，书中的内容完全超出了个人的范围。用雅斯贝尔斯的话说，这是一个文件，是一部关于极权制国家进行精神奴役的重要的阐释性著作。写出著名的《战后欧洲史》的欧洲问题研究专家托尼·朱特认为，在描绘权力和极权主义对整个知识界的诱惑方面，没有哪一本书比它更深刻。

当《被禁锢的头脑》出版时，巴黎的知识分子依然沉浸在对苏联共产主义的幻想中，斯大林是他们心目中的明星领袖。加缪在《反抗者》对此发出一点不同的声音，即遭到萨特等左派人士的火力强大的狙击。《被禁锢的头脑》遭遇同样的命运，米沃什说是引起了所有人的反感：苏联的追随者认为这本书是侮辱性的，而反共分子则指责说政治态度暧昧，怀疑作者骨子里是一个马克思主义者。认识苏联和苏联式政制有一个过程。揭开铁幕的有力者来自苏共党内，赫鲁晓夫1956年作的政治秘密报告，首次系统性地把斯大林统治的真相暴露于世。如此看来，米沃什的批判未免太早了一点。

米沃什终至于与体制决裂，其勇气来源于作为一位知识分子作家的良知和经验。1945年，被米沃什称为“东方帝国”的苏联战胜了德国法西斯，随即取而代之，将波兰等多个东欧国家纳入其势力范围之内，强制性推行它所规定的政制，包括意识形态，即米沃什书中说的“新信仰”。他目睹了许多朋友和作家同行在思想改造过程中发生“异化”，而他自己，虽然极力服从，克制内心的反抗，可回旋的余地毕竟愈来愈狭窄，连保持某一程度的思想自由也不可能，最后才作出自我放逐的抉择。用他的话说，是“痛下决心不再做东方暴政的同谋犯”。

《被禁锢的头脑》在台湾的汉译本叫《攻心记》，“头脑”换作“心灵”，其实指的都是一种精神。无疑地，米沃什把知识分子看作是社会的良心和头脑。对意识形态专政的国家来说，知识分子被视为危险的群体而同样受到重视；只要禁锢了知识分子的精神，就将有效地操控全社会。

米沃什在书中试图重现一个号称“人民民主国家”中人民的思想改变过程，通过解析，引导读者深入了解一个异质化的特殊环境，走进“东方知识分子”的内心世界。此外，他还特别强调说：“我的言论同时也是一种抗议，我否认教条有权为以其名义所犯下的罪行进行辩护。”可以感受到，诗人在道义面前，拥有一种为任何权力不能撄其锋的个体性力量。

国家如何可能禁锢人们的头脑？

除了施加传统的暴力和强制手段，以制造普遍的恐惧之外，米沃什给出一种“穆尔提-丙”药丸。“药典”原出于作家维特凯维奇的一个长篇小说《永不满足》，书中的人物缺乏信仰，焦虑而沮丧，因为服用了蒙古哲学家穆尔提-丙制造出的一种能导致“世界观”改变的丸药，变成了另外一种人，松弛、麻木、平和、逸乐，乃愉快地接受了征服者的统治。但是，又因为无法彻底改变原来的特性，终于成为一群精神分裂症患者。

“穆尔提-丙”药丸是由上层统一规定发放的。这种丸药对敏感而懦弱的知识分子的诱惑力，显然远远超过对工人、农民和一般市民。异化了的知识分子有一种“罪恶感”，在新政权中渴望成为人民群众中的一分子，渴望得到社会承认；同时又害怕独立思考，害怕隔离，虽说不习惯那种强硬而严厉的思想方式，却甘于服从书报审查制度和出版机构的各种要求，且极力设法适应“需要”。国家力求证明，而知识分子也为之深信的是：现状不可能改变。于是，“一切都为一个制度、一种声音、一个思想所取代”，成为一种定局。

据说开始服用“穆尔提-丙”药丸时会有一种痛苦，一种绝望感，——可能东欧知识分子会如此，但即使如此也会很快过去。米沃什说，服用丸药的人有双重人格，可以更敏锐地感悟到人们的生存境遇，若要调节自己或跟踪别人的异端思想都变得格外方便。作家艺术家会因此变成一个有经验的心理学家和意识形态的捍卫者，互相窥探，彼此督促，按照统一的标准转变“世界观”。

“穆尔提-丙”药丸是一种精神迷药。人们喜欢服用它，未必因为它真的能够使人获得平静与和谐，但是，至少可以获得某种程度的内心平衡，这比他们以徒劳的反抗折磨自己要好得多。

在米沃什的笔下，东欧知识分子矛盾重重，精神苦闷。他们根本不能过正常的生活，或者说，生活没有真实性可言。“几乎所有人都不得不成为演员，”米沃什描写道：“然而这需要非常高超的表演技巧，思想必须战战兢兢，时刻处于警觉状态；说话必须考虑后果，三思而后言。每个不合时宜的微笑，每个表错情的眼神都会招惹怀疑和指责，给自己带来危险。甚至人们生活的方式、说话的语调或喜欢佩带的领带颜色，也都会被解释为某种政治倾向的标志。”人人都在公众面前演戏，而人人也都清楚彼此在逢场作戏；时间长了，以至于连自己也难以区分到底在真的演戏还是在过生活了。

如此大规模的表演性的社会生活现象，米沃什借用法国人康德·戈比诺所著《中亚的宗教与哲学》中的“凯特曼”一词加以概括。

何谓“凯特曼”？东方穆斯林认为，如果可能，人们必须对他们的信仰保持沉默。戈比诺进一步指出，有时保持沉默还不够，当沉默可能被认为是主动招供，那时就不应犹豫，不仅要公开否认自己真正的观点，而且必须采取一切手段和策略来蒙蔽对手。只有用这种方式，才能保护自己，保护自己的亲属，在跟异教徒进行周旋时，不致伤害神圣的信仰。

凯特曼是一种生存策略，一种权宜之计，米沃什讽刺说是遵照“时代的要求”而采取的“伟大且行之有效的手段”。在二十世纪的欧洲，凯特曼以最精确严格的形式，在“人民民主国家”中被广泛应用。米沃什列举凯特曼的几类主要的表现，其中最普遍也危害最大的有“职业工作凯特曼”和“伦理凯特曼”。

米沃什举例说：如果作为学者去参加各种大会，那么我就会在大会上严格地“按照党所指引的方向”做个适合的报告。他们要我做什么我都照做，利用我的名字也无妨，如果做到这些，我就能被批准通过科研项目，允许进入实验室，得到一笔资金。如果我是一个作家，在国家垄断出版而又有着严厉的审查制度的情况下，希望在书架上看到自己的作品，就必须为有资格从事写作付出代价。哪怕写一篇关于斯威夫特的论文，而且是运用马克思主义的方法，我也得宣称自己是“新信仰”的信徒；如果写小说，译诗，还必须写出一定数量歌功颂德的诗文。这就叫“职业工作凯特曼”。

没有哪一种类的凯特曼与“伦理凯特曼”无关。“新信仰”伦理规定一些基本原则，包括培养“新人”（或称“接班人”）各种条件都有着明确的比例配置。其中，为革命利益服务当然是第一位的。米沃什特别提到“告密”这种行为，他指出，古往今来从来不曾有人将它视为一种美德，但是在“新信仰”文明中，告密却是作为好公民的基本美德而受到赞许和嘉奖。虽然大家都竭力回避“告密”这个称谓，或者提出各种理由证明他们不曾从事告密活动，事实上，却程度不等地染有告密的陋习。由于告密的普遍化，人们除了负担繁重的本职工作以外，还得随时提防无所不在的眼睛和隔墙有耳的情况，片刻也不能放松警觉。告密、造谣、诬陷，钩心斗角，投机钻营，不惜踩着他人的肩膀往上爬。米沃什写道，这是不同于早期工业资本主义时期的另一种斗争，那时人们在金钱斗争中争取最大的生存机会，而现在则是那些玩弄手段、勾结权势的人获得最大的生存机会。他说有两类“看门狗”，一类狂吠而粗暴，另一类不声不响，隐藏在暗处，伺机咬人，当然在“新信仰”国家中享有最多特权的是后一类。一个非常可怕的事实是，米沃什判断说，只要超过五十年的教育，一个人种就有可能定型，再也不能回归原貌，这就是所谓的“新人”。

“新人”的产生，是以社会道德的大面积败坏为代价的。民主产生友爱和信任，极权产生仇杀和欺骗；凯特曼盛行来自环境的逼迫，道德问题与政治体制原是大有关系的。在践行凯特曼的过程中，被培养出知识分子的某种变态心理，如米沃什所观察到的：“对多数人来说，必须生活在持续的紧张状态下和无时无刻不是处于警觉中，似乎是一种酷刑，但这同时也给很多知识分子带来一种受虐淫的乐趣。”把压迫变成一种内在需要，人性之扭曲，莫此为甚。

显然，伦理凯特曼是最强劲的一种凯特曼。

由于威吓、诱惑以及在此基础上形成的凯特曼风气，“东方知识分子”要保持自己的信仰、观念和个性就变得十分困难，在书中，米沃什没有拿出任何一个独立的、反抗的人物介绍给读者是有根据的。没有硬骨头，没有轨道破坏者，甚至连一个没有表演欲的人也难以找到；现实中多的是谄媚者、告密者、说教者、投机家、变节分子、势利之徒、犬儒主义者。米沃什认为，东欧千百万人的命运在知识分子作家身上的表现最为明显，于是他从熟人朋友中选择了几个典型，追踪他们的前后变化，以期透视现行体制的严酷性。

“道德家”阿尔法是一位著名的散文作家，米沃什的挚友。他在二战时期创办地下刊物，以文字投入抵抗运动，救助犹太人，反对群众性大屠杀，是种族主义和极权主义的劲敌。另一位是诗人贝塔，1943年为盖世太保所逮捕，先后关进奥斯威辛和达豪集中营。美国人将他解救出来后，留在西德生活。因为波兰革命的感召，加以渴望做一个用母语写作的作家，结果他回到华沙。

新秩序建立后，根据“莫斯科中央”的计划，国家对知识分子的改造大步向前踏进。“现在的问题是，要么突然反抗从而跌入社会的最底层，要么就走进党为他们敞开的大门。别无其他选择，那种既想讨好上帝又想讨好恺撒给他们各付一枚硬币的做法已经行不通了。” 阿尔法发表小说，获官方大奖，住进漂亮的别墅，在一系列政治宣言上签字，参加各种委员会的活动，到处发表演讲，热衷于作协组织的大规模作家旅行。米沃什说，阿尔法真正走出了自己的知识分子部族，由一个具有道德权威的作家变成一个“说教作家”。他在书中这样评述道：“只有对真理狂热的爱，才有可能阻止阿尔法发展成为后来的那种样子。诚然，假若他那时热烈追求真理，也许就不会去写那样的小说；他允许将自己的同情置于书报检查所规定的安全框架之内，迎合党的期望简化了他所描绘的事件的画面，同时也因此赢得了党的认可。”至于贝塔，同样醉心于参加各种活动，以前是腼腆的诗人，如今则完全变做了政客。他是位显要的宣传家，不再写诗，而是为官方周刊写作辛辣的杂文，打击国家的敌人。米沃什认为，贝塔与东方知识分子常见的情形一样：自毁才能。他评述说：“那些批判自己所处时代之政治制度的伟大作家和贝塔这类人之间的本质区别在于：前者全然不因袭苟且，他们不顾自己所处的环境而进行活动，贝塔却是在将文字用笔写到纸上时，耳朵就已经伸出去，急于听到党内同志的掌声了。”

旧同学伽玛是一个民族主义者和排犹主义者，新政权成立后，迅速成为斯大林主义者。他最初出使欧洲，是个“受党信任的人物”，也为西方人士所欢迎。他的父母和妹妹随同数万、数十万同胞一起，被苏联强制放逐到极地附近的劳改营和地处亚洲的集体农庄，父亲最后死于流放地。但是，伽玛有本事把内心掩盖起来，高调发表演说，歌颂苏联的制度，声明谴责被苏联内务人民委员部逮捕的人。他才能平平，战前的诗作不值一哂，由于地位的影响，现今已是出色的作家，文坛举足轻重的人物。为了对所有作家实行正统观念的管束，他从国外使馆调回作协，被正式任命为“波兰所有作家的政治监督员和良心管理员”，职责是“监督文学按照党的路线发展”。他一句话就能决定作家的作品能否出版，能否得奖，能否得到住房和其他收入。书中描述说，“他被一帮马屁精包围着，只要他眉头紧皱，他们就会满脸愁容；只要他说个什么笑话，他们就会迎合他而纵声大笑起来”。

伽玛是一个理性主义者，他知道自己的国家和人民面临越来越大的苦难，也知道他自己是一个谎言散布者，要说的任何一个字都不会是他自己的；但是，他并不认为自己负有责任，他的谎言应当由“历史决定论”负责。为此，米沃什说他是一个“把灵魂出卖给了魔鬼的人”。

戴尔塔没有能够像伽玛那样玩权力的游戏，他只能从萍踪浪迹中游戏人生。自从西方回到波兰后，他自以为找到了一个足够强大的庇护者，于是狂热鼓吹新国家。当局也正好利用他，一个拥有众多读者的诗人以开朗的乐观的调子制造爱国主义气氛。但是，这只是一时之需。由于戴尔塔从来未曾严肃地对待过政治和文学，因此遭到“严厉而精确的时代”的打击是必然的。幸而他还有剩余价值可供利用，上方最后还是给了这个多产诗人以积极表现、戴罪立功的机会。而他，果然立即写了几首热情洋溢的“严肃”的长诗作为回报，从此再次浮出水面。

对知识分子来说，改造的经历各不相同，各有各的标本价值，但都一样是终身的自虐性的工作。在改造过程中，知识分子承受国家机器的压力，从自主走向服从，终至成为体制的一部分，反过来强化了意识形态专政。米沃什十分感慨地说：“迄今为止，我们从未像在二十世纪这样受到意识奴役。”

书中还补充了一个典型，就是作者自己。他坦白说，让他严厉谴责阿尔法等知识分子是困难的，因为他自己也是在同样一条几乎无法避免的道路走过来的，只是彼此反应上略有差别而已。他在《被禁锢的头脑》英文版序文中追忆了一段心路历程。他说，他一直深爱祖国的语言文字和使用它的工作，惟有在祖国，他的作品才可以被阅读，但是祖国却正好落在“东方帝国”的铁网之内。他曾竭力设法在小范围里保全思想上的自由，为了促使这个目标实现，毅然到国外做外交官，以求避免直接的压力而使自己的写作比国内作家更大胆一些。他不愿做一个流亡者，不愿与祖国断绝关系，变为“局外人”。然而，最后还是不得不承认自己失败了。

米沃什写道：每一时代都承认作家最主要的工作是：从自己独立的立场来看这个世界，把他所看到的真相说出来，这样还同时尽了为整个社会的利益而服务的责任。但是当局严格限制作家，使之为自己的政治目标服务。在米沃什看来，实行“社会主义现实主义”原则不仅仅涉及美学趣味等问题，而且及于人类生存的基本问题；他最不能容忍的是，由它所召集的文学队伍就像集中营里的音乐队，以巨大的噪音淹没人类的呻吟声。他说他的胃口无法受纳，他的出走，并非纯粹出于对专制的痛恨而已。

对于极权制国家来说，《被禁锢的头脑》可以说是一颗重磅炸弹。据说当时就有人从美国用气球把它运送到波兰上空降落，可见它的政治影响力。无论是法西斯政体还是其他政体，任何压迫性政治体制都会产生如米沃什在书中所暴露的现象，即使在某种程度上有所缓减，或者增加了市场主义的新的因素，生活在这种体制下的人们对此仍然不会感到陌生。只有在民主国家，呼吸着自由空气长大的青年人才觉得难于理解。

托尼·朱特曾经讲过他在美国大学里讲授《被禁锢的

头脑》的课堂效果：

> 七十年代，我第一次给向往成为激进派的学生们讲这本书时，将大量的时间花在解释为什么‘被禁锢的头脑’不好。三十年后，我年轻的听众们彻底一头雾水：全然不理解一个人何以将灵魂出卖给一种信念，更不要说是压迫人的信念了。到了世纪之交，我的北美学生几乎无一见过马克思主义者。

他说当代美国学生看不出这本书的意义何在。他们勉强可以领会如镇压、受难、宗教信仰之类，但对意识形态上的自我催眠之类，始终大惑不解。他引用米沃什形容西方人和政治移民对此感到费解的话说：“他们不懂一个人如何付出——那些国境外的人们，他们不会明白。他们不知道这个人换取了什么，又以何种代价才将它换来。”

令人感兴趣的是，今天的波兰以及东欧读者如何看待《被禁锢的头脑》？那里的青年人能够理解吗？对他们来说，本书是否还保有原来的意义？因为在二十多年前，那里就已经改变了原来的体制，被称为“后共产主义国家”了。

2013年10月6日

诺曼·马内阿

《论小丑》封面

夜读抄：《论小丑》

《论小丑》是罗马尼亚作家诺曼·马内阿的一部随笔集，带评论性质，中译本由吉林出版集团近日出版。同时出版的还有作者的另两部著作：长篇小说《黑信封》及回忆录《流氓的归来》。以文集的形式把这位流亡作家介绍到中国来，在印象中还是第一次。

马内阿于1936年出生，1941年纳粹执政期间，随同全家一起被遣送到乌克兰的一个集中营，二战结束时返回罗马尼亚。中学毕业后，入读布加勒斯特的建筑学院，在校一直赢得共产主义青少年积极分子和最优等生的荣誉。1966年开始发表作品，1974年弃工从文。1986年离开罗马尼亚，在西柏林获得一笔文学基金，居留一年多后转往华盛顿，从此在美国定居，并继续从事写作。

大抵因为经历过三种不同的社会类型的生活，所以，他对环境的省思能力要比那些身受禁锢却自以为安稳幸福者要深刻许多。他的作品，从纳粹时代的集中营、大屠杀，到罗马尼亚极权社会以至现代西方社会生活的叙说，始终保持着作为一个幸存者和流亡者的怀疑、批判的精神。

《论小丑》共收文五篇，书前有作者补记，说明这些文字都是到了西方以后，对罗马尼亚旧日统治下的生活的忆述与思考，其中主要讨论极权主义的本质特点，知识分子作家与极权主义意识形态及极权社会之间的关系，当然还有知识分子自身的问题。作者的思考，全然从实际经验出发，比如“极权社会”，就没有照抄像阿伦特一类政治学者的结论，而是源自个人的观察和感受。在书中，作者的自由感特别的鲜明、热烈、持久，贯穿了思考的整个过程。他自述被奴役的日常生活中所承受的苦痛，被迫修改自己作品时的屈辱与愤懑，在安全部门掌控之下的内心的恐惧，所有这些，在学者的著作中是没有的，在许多自诩为作家者的著作中也都没有。这些文字，是时代的忠实记录，历史的庄严证词，体现了一个知识分子的伟大的良知。阅读它，不但可以接受常识教育，而且可以接受道德教育，情感教育，美的教育。一切自由的、诚实的文字，都可以视为一种美，本原的美，无法比拟的美。

极权社会

阿伦特在论及执政的极权主义的时候，指出“这种制度仅从反面意义上是‘极权的’（total），即执政党不会容忍其他政党、反对派和自由政治观点”。她总结说，极权主义统治有两种正式形式，就是纳粹主义和斯大林主义。马内阿认为，他曾经生活过的国家罗马尼亚存在着一个“新的民族主义—社会主义政权”，是纳粹主义和斯大林主义的综合体，外加一种迎合西方口味的时髦的话语形式。他曾经指出，在其间进行区别是没有什么必要的，即是说同大于异。同的是一致的领袖原则、国家主义、意识形态至上；同的是警察奴役和全面统治；同的是强制性、秘密性和欺骗性。至于异，在马内阿看来，罗马尼亚的极权社会与时俱进，无非更带现代性的油彩而已。

他在书中描述道：“生活里充满了拖延，怀疑和恐惧像肿瘤一样疯长，精神分裂症全面爆发。随着时间不断被国家占用以致最终被彻底剥夺，私人生活被一步步地缩减直至最后消失”；“到处都可以看到那个被称为权力的恶魔在阴险地不断扩张。在家里，在思想里，在婚床上，到处是黑暗的权力。在这个黑洞里，是恶魔般的残暴和根深蒂固的愚昧。”

极权社会使个人原子化，社会对话的渠道堵塞了，整个社会缺少公开的讨论，国家为“简单的煽动性标语”所操纵；冷漠和虚伪导致最常见的后果，便是妥协和串通。马内阿指出，当人们对诸如社会公正等重大原则丧失信心时，社会机制必然恢复古老的“自然”的方法运作：官官相护、贪污腐败、阴谋诡计、谣言惑众、滥用职权、裙带关系，等等，社会道德风气的败坏是灾难性的。

“古板沉闷的独裁政权。在它表面的硬壳下，里面空空如也。当权者的话语策略就是通过不断滥用某些严肃的原则来获取利益。”马内阿问道，“在这样荒唐的世界里，人们怎么可能‘反抗’？任何追求真实、重视真理的努力最终怎么能不成为操纵和伤害的牺牲品？”

上世纪八十年代，罗马尼亚曾经推行过“新民主”，政府让一些“敢讲话”的精英批评时政，使政府机构看上去更为民主，但是与此同时，又肆意打击诚实正直的知识分子，控制和镇压的机制进一步加强。作为一种政治现象，这是自相矛盾的。马内阿写道：“新一代的统治机关工作人员已经形成气候，这些年轻的大学生有的拥有博士文凭，有的还曾留学海外。党成功地用这些特权阶级的

‘精英分子’‘替代’了那些真正的知识分子（他们越来越孤立，身心疲乏，甚至受到恐吓）。”这样一种“替代”的方式，多少策略性地弥补了固有的政治体制的脆弱性而使政权得以继续维持。对此，马内阿直斥为欺骗，指出：“不论是在党这一层面还是群众这一层面，欺骗已经成为蔓延全国的疾病，人们通过它得以生存。”

马内阿在书中揭露极权政府的两面性：“在相对宽松的时期，政府似乎明白了，呼吸一点新鲜空气不至于导致政权垮台，而会为社会的新陈代谢提供一个短暂的调节期，但是，一旦游戏规则被打破，官方会迅速做出反应，急匆匆地要挽回面子，表现出愚蠢可笑的恐慌。”这样的体制是不可能维持长久的。事实上，“这个体制在缓慢的侵蚀下渐渐地被削弱，直到有一天各种因素汇集在一起幸运地促成了它的垮台。”政权的垮台并非意味着问题的终结，马内阿的深刻性，在于进一步指出，“痛苦可能还要持续很久，因为这个体制遗留下来的东西仍然存在。”

1989年12月，罗共总书记、总统，集党政军大权于一身的齐奥塞斯库被送上了历史的绞刑架。从此，罗马尼亚进入了改革的进程，开始经历混乱而艰难的社会转型。“很多东西都没有改变，但是也有很多变化是有目共睹的”。马内阿注意到，作为极权国家的一个标志性机构——安全局的踪迹在这个国家仍然无处不在，就是说，禁锢仍然未能完全解除，旧体制的影响在继续起作用，命运还没有最后回到人民手中，“很多人一如既往，仍然生活在负疚、恐惧和仇恨之中。”

马内阿提醒道，不要过快地忘记极权统治下那些混乱的“地下势力走廊”。他说：“在那些黑暗的角落里，约束力或势力无处不在，甚至是在自由这个复杂而微妙的世界里。”对于一个曾经“拥有四百万执政党党员（投机分子）和庞大告发网络（每一个机构甚至每一幢居民楼）的国家”，即使到了所谓的“后极权时代”，他认为要进行民主改革仍然是困难的。他看到其中有一个十分重要的因素，就是“更为隐蔽的武器已经深深地侵入了整个社会的思想意识中，从而有着更为长久的效力”。他说：“在通往民主和自由的曲折道路上，要解决众多行政、经济和物质问题固然很难，但要从当权者强加于人的那些如迷宫般漫长而复杂的堕落过程中解脱出来则是难上加难。”

独裁者，伟大的小丑

马内阿把煊赫一时的领袖齐奥塞斯库称为“独裁者”、“可笑的民族恶魔”、“幻想成癖的英雄”、“喜剧演员”、“伟大的小丑”、“真正的疯子”。书中多处提到这位主宰罗马尼亚的人，每当提到他，马内阿都不禁发出强烈的诅咒和嘲讽。

他这样写到齐奥塞斯库：“他的漫画在这个国家的每一面墙上笑着，这是一个曾经充满希望的国家，生命的希望，不论是好是坏，总算还有生命：青春的光彩、衰落的悲伤、爱情的陶醉、叛逆的梦想，还有痛苦的失望。变好还是变坏？也许这个国家从来没有自由，但它是在这个恶魔出现之后才变成地狱的，在他导演的狂欢节中，人们美化着未来，庆祝着死亡。他渺小而苍白，这个小丑，这个渺小的白老鼠，瘟疫的传播者：一无是处的死人骷髅。”

阿伦特早就描述过极权政治的这种独特的现象：领袖在党之上，党在国家之上。齐奥塞斯库高高在上，发号施令，呼风唤雨，他的地位和能量其实是极权主义体制所赋予的。因此，反对所谓的“个人崇拜”，不能不导致对所由产生的整体的政治机制的批判。

在书中，齐奥塞斯库是绝对权威。他无处不在。作者写道：“孩子们中间有独裁者，专制的幼儿园老师中有独裁者，已婚的夫妻和未婚的情侣、父母、祖父母、同事和雇工中都有独裁者。最显而易见的是，他坐在高高的宝座上，操纵着整个国家、整个世界。”苏共二十大之后，无论在苏联党内还是国际共运中，斯大林的个人专制方式被置换为“集体领导”。但是无论如何的强调“集体”，到头来仍然突出领袖个人或领导核心。这是为制度本身的绝对性所决定的。所以，齐奥塞斯库的权力意志可以决定一切。作者奥威尔式地描述说：“他的偏执越发嚣张：通过制定劳动法，工人被禁锢在他们的岗位上，绝对服从监管；通过制定家庭法，人们无法离婚，无法堕胎，未婚的情侣受到歧视；通过制定学校法规，孩子们成为政治化和军事化的对象。在他向饥饿的听众发表的长篇大论中，我们看到了马戏团的未来，这个未来是快乐的奴隶在严厉的幼儿园老师挥舞的皮鞭下建成的。小丑在他的马戏团里只保留了被催眠的侏儒，他们的任务是为他喝彩，还有一些肌肉发达的巨人，他们组成了他的国家安全系统。”“渐渐地，我们的这个小丑把整个国家变成了一个大幼儿园，幼儿园里的孩子个个经过军事训练，人人勤劳肯干，但他根本容不得他自己的‘孩子’或‘子民’。如果他们服从，他唾弃他们，把他们痛打一顿；如果他们有所行动，他割下他们的一只耳朵；如果他们反叛，他把他们的嘴巴封住；如果他们病了，他给他们棺材和料理后事的钞票。‘秩序加纪律’是他那些无名的臣民惟一能够拥有的美德。他和出生卑微的人们交流，他这个‘人民最亲爱、最可敬、最革命的儿子’原本也是他们中的一员，但现在人民只能通过他的保镖和他交流。任何胆敢拦住他那豪华轿车请愿的人无一例外会立刻消失，再也不会出现……”

马内阿曾经具体地写到齐奥塞斯库的一次意外的出行，他的护卫队如何紧张地行动，他的下属如何敏捷地迎合他，如何兴奋地涨红着脸，狂乱地四处跑动，跌跌绊绊，结结巴巴，还有挤满了四周阳台的观众，他们习惯地鼓掌，“仿佛是睡梦中的条件反射，这种无意识的反应已经在幼儿园老师严厉的鞭打下进入了他们的血液。”最妙的是对齐奥塞库本人的描写：“在一群慌乱的人中，他看上去像是其中惟一正常的人，唯一一个戴着正常面具的人”。跟着，马内阿总结道：“专家们近乎歇斯底里的溜须拍马和小丑略带疲倦的平静表现形成了可悲而可怕的对比。”

“独裁者和被压迫者是不是真的在各个方面水火不容，或者他们之间其实存在着一种无意识的相互促进？劳动营和极权统治是否只在一个社会被扭曲，被窒息之后才会出现？独裁者仅仅是人民的敌人，或者也是他们创造的产物？”

作者向我们提出了一个饶有意味的问题。

审查制度

报刊及图书审查制度，在极权国家里是必不可少的。

马内阿在《罗马尼亚》文内加了一条脚注："二十世纪七十年代末期，罗马尼亚的审查机构解体。但是，审查制度并没有终止，而是分散到期刊编辑的手中。到八十年代中期，社会主义文化和教育委员会内重新设立了一个中央审查机构，其任务是监督编辑们的工作并给他们提供建议。这比原来的控制更为严格，现在存在的是双重审查——作家的自我审查，他们要为自己的决定负责，还有管制委员会的审查，他们对作家进行检查。"审查机构所以一度取消，是因为审查工作本身是敌视人类思想的最原始、最野蛮的行径，相关机构的存在，可以让当权者反自由、反民主、反人权的本来面目暴露无遗；可是，审查制度始终不被废止者，则因为通过审查，当权者才能获得一种安全感。极权国家首先是意识形态国家，意识形态的特点，就是要维持它的唯一性和神圣性，使之免受亵渎和破坏。

马内阿以自己的一部小说的出版为例，见证了罗马尼亚审查制度的荒谬与罪恶，以及作为一个有良知的作家和审查者艰难斗争的过程。

作者回忆说，“七十年代末，一纸总统法令废除了新闻出版署（审查机关），这是少数几个办事效率较高的机构之一。党深信，在三十多年的极权统治之后，自我审查和相互监督可以成功地取代专职人员。”结果呢？“人们对真理的渴望是如此强烈，人们的应变手段越发普遍而复杂，让当权者不安的出版物数量在持续增长。”这样，“自我审查制度已经无法满足党的期望”，“补救措施很快应运而生了。”所谓“补救”，就是使审查制度通过众多“中介”措施得到加强，以更新更具欺骗性的手段对出版物进行“清理”。作者总结道：“在当时极端恐怖的情况下，很少有出版社不顾审查制度的高压出版好书，尤其是让当权者不安的好书。”他说他的出版人就是这少数人中的一个，好书所以能够出版，就是因为有了这极少数的编辑在坚持着进行无望的思想抵制。

但是，比较起庞大而有效率的审查制度，优秀的编辑太少了！

马内阿写道：“审查制度——文字的秘密警察，在过去的四十多年里是最可怕的权力武器之一。人们觉得审查者不过是一些头脑狭隘的官僚，在很多情况下，事实确实如此。但是我们‘多边发展’的社会主义国家改良了这个权力机构，不断让那些受过高等教育的充满智慧、思想犀利的人加入到这个行业中来。这个机构采用的办法也不断改良，随着时间的推移变得更加‘复杂’，更加‘微妙’。简而言之，变得更加阴险诡秘。”

审查制度是作为“警察国家”的整部国家机器运作的一部分，其实，就全社会来说，“密码式沟通方式”——要暗示而不是明确表达——成了一种流行的方式，是任何个人或团体交流中必不可少的工具。“被二十四小时监督下，整个社会被分裂成虚伪的服从和虚伪的反抗。”马内阿写道，“多年来，我已经非常了解那些从事‘文化’工作的党的干部，他们一方面表现出愚蠢的胆怯，另一方面又极其残暴。”

在严密的文网之下，作家别无选择：要么继续作顽强的斗争，尽量少让步但要通过必要的妥协让书得以出版，要么干脆放弃。

马内阿的经验是：“欺骗是解决问题的途径”。他如此概括所有富有良知的写作者的精神状态：“在极权统治下写作的作家常常在作品中使用诈术、典故、暗码或粗糙的艺术形象，痛苦而隐晦地和读者进行沟通，同时他们又希望能躲开审查者。受到约束的作家不可避免地要借助于欺骗，而这又让他们感到刻骨铭心的痛苦。”

知识分子

马内阿关于知识分子的论述，集中表现在《幸运的罪》一文中，即伊利亚德个案。

默塞·伊利亚德，著名的宗教史专家，也是知名作家。他曾经是意大利法西斯头子墨索里尼和罗马尼亚极右民族运动“铁卫团”的领导人科德雷亚努的狂热支持者，是法西斯主义宣传家艾奈斯库的忠实追随者，而他本人也是铁卫团的“陆军上尉”。1940年，伊利亚德作为罗马尼亚外交官先后被派往伦敦和里斯本，战后到巴黎，任教于有名的巴黎高师；1956年前往美国，成为芝加哥大学教授。

书中引述伊利亚德的部分言论，剖析他的反西方民主观念，极端民族主义和国家主义思想；马内阿认为，如果伊利亚德能够反思，重新评价法西斯哲学和制度，无疑有着重大的启发意义。没有人比他更有资格解释：为什么那么多他同时代的杰出的知识分子会卷入一场罪恶的运动？一个资深学者怎么会演变成一个极端主义思想家？他的评论肯定有助于人们理解包括后来发生在社会主义罗马尼亚的知识分子问题。可是，伊利亚德至死也在回避他早期鼓吹法西斯主义的思想和行为；他闪烁其词，避免直接冲突和公开辩论，甚至被指责为“纳粹”或“反犹太分子”时，竟也保持沉默。马内阿问道：“为什么不能公开抛弃自己过去的信仰，揭发恶行，揭露神秘的制度，并且承担罪责？”他接着说，“要想远离过去的错误，首先要敢于承认错误。归根结底，极权主义最致命的敌人不就是诚实吗？只有良知（能够在令人难堪的问题面前进行自我批评和检查），才能让一个人远离腐败的势力，远离极权主义意识形态。”他举例说，苏联持不同政见者，著名核物理学家萨哈罗夫便坦白地承认，青年时代曾经崇拜过斯大林。这是本质上的诚实。惟有依靠这诚实，才能深刻地了解一个极权制度的本质并对它进行不懈的批判。当然，萨哈罗夫为此付出了极大的代价，受尽折磨。对于这位伟大的科学家和人道主义者，马内阿高度评价说：他是我们光辉的榜样，鼓舞着我们这个痛苦年代里的所有知识分子。

伊利亚德为什么不忏悔？马内阿并没有提出类似的强迫性的问题。但无论是曾经犯下罪行的人，或是受害者，因为无法诚实面对极权主义悲剧，都只能让他感到失望：“人们总是喜欢谈论他们无辜的痛苦，却不敢直面自己对这些苦难应该承担的责任。”跟阿伦特说“平庸的恶”一样，在这里，马内阿突出地揭示了一个受害人的“责任”问题。

书中还有一个官方诗人保恩内斯库的个案。

保恩内斯库主编《火焰》杂志，一直利用火焰俱乐部给自己积累政治资本。有一次，俱乐部组织人们朗诵献给领袖的颂歌，在表演中途，数千名歇斯底里的少年人突然逃离观众席，留下一地狼藉的酒瓶、胸罩、短裤和避孕套。保恩内斯库为此被撤职，并离开了党组织。这时，他给齐奥塞斯库写了一封信，极尽谄媚之能事，还承诺说，只要活着，将用最后的力量向领袖跪拜云云。马内阿引用了信件全文，评论说："这封信不仅象征着一个时代，同时也代表了一种职业，妄自菲薄的职业：人们自觉自愿地从事这样的职业（不像斯大林时代是被迫的），并且用不同的方式以极大的热情投入进去。不论他们是否熟练，他们始终狡猾无耻地做着这件事情，而且总是有利可图。在这个荒唐的闹剧里，演员们用灵魂换取小小的奖赏。但这些不能见光的计谋总是危险的，甚至是致命的。这些职业演员们富有创造性的领悟力和整个被压迫得麻木不仁的民族形成了鲜明对比。"

从伊利亚德到保恩内斯库，从铁卫团时期到共产党时期，马内阿在寻找一个罗马尼亚知识分子谱系。在很大程度上，他对自己国家的同行持不信任态度。在特定的民族历史，国家体系和民族性格的框架内，他强调的是对"强权”的反抗，也即对自由和民主的渴望；他对知识分子的良知、独立性和批判性有太多的期待。

马内阿多次提到“身份危机”。“幽灵”依旧存在。在结束齐奥塞斯库的独裁统治之后，知识分子的状况如何呢？他说：“在过去的半个世纪里，那些站在‘错误’立场——极权主义立场的知识分子不在少数。即使是现在，当东欧处于向文明社会转型的过程中，仍然有不少声音在呼吁建立‘正确教义’和‘铁的纪律’，强调建立强大政权，树立神化的权威，等等。暴君小丑的幽灵再一次寻找着他的支持者们，时时纠缠着他的那些老仆人——那些随时为他荒唐的神性欢呼的凡夫俗子。”他引用罗马尼亚持不同政见者佩特里斯库的话：“如果某一天，人们开始讨论罗马尼亚知识分子和当今绝对算不上左倾的政权之间进行勾结的事实，我们就有希望了！”接着用文学家的语言写道：

“现在这出戏上演了，而且更加光怪陆离。每个人都在叫喊着自己的清白、自己的痛苦。最响的声音来自那些过去为独裁统治效力的‘知识分子’……民主进程中的问题让我们想到了这个国家复杂的历史，身份危机和对某种思想的轻易认同再一次共同延续了后极权统治的僵局。”他对反对神化权威的斗争的艰难深有感触，接着说：“多么糟糕的一出戏！在新机会主义的潮流里，……虽然有那么多的人曾经满腔热情地在其中扮演了角色并且从中获得了利益，现在却似乎没有一个人承认和那场悲剧有任何干系。”

对于一个有过极权统治历史，经受过沉重的政治灾难的国家，无论如何设法切断记忆，清洗、扭曲、掩盖，只要害怕清算，马内阿提醒说：那结局，都只能为新的极端主义灾难提供土壤！

作家与文学

在极权社会里，文化艺术，包括文学是政治体系的一部分，它不但被严加掌控，而且是被国家意识形态的毒汁所渗透了的。马内阿指出：“在任何一个把文化作为武器的政治体系里（给予艺术家过高的荣誉或过重的处罚），作家会长期遭遇一些陷阱，这些陷阱会损害并逐渐毁灭他的正义感，最终丧失其个性。他必须学会保护自己，特别是要保护自己不陷入那些精神陷阱，不受到那些简单化观点的侵蚀，它们并不仅仅存在于极权制度里，而是无处不在。”作家要使自己不至于深陷其中，就必须具备“真正意义上的民主自由精神”，因为只有这种精神，才可能从根本上反对极权主义。对于有作家同行大谈艺术性是唯一合法的文学标准，马内阿称之为“自作聪明的阴险论点”，明确表示说：“我不同意他的文学与政治无关的观点，我告诉他，恰恰相反，这种无视日常生活中种种迫切需要解决的问题而进行‘艺术性’退避的态度，正是当代罗马尼亚文学为何不能产生大量杰出作品的原因。”

极权社会将文学制度化、一体化，除了将作家协会衙门化，统一管理和驯化作家，以及由官方建立评奖制度，刺激作家追求荣誉和依赖宣传之外，一项致命的管理制度就是书报审查。这项制度迫使作家向“文字警察”屈服，或者投入“迎合审查者的斗争”。马内阿以个人经验表明：面临同样的困境是，如果不是下定决心通过欺骗手段，或者通过私人关系，什么事也做不成，没有一本具有独立品格的著作可以通过警戒线而出版；即使十分幸运地得以出版，也只能是“‘替代品’的版本”。马内阿就管自己已经出版的书叫“一个难产之后意外诞生的婴儿”、“我的残疾的儿子”。

在政治文化专制的管治之下，作家“被制度同化”的危险是显而易见的。马内阿说，“所有‘真正的文学’都悄然躺在安全局的保险柜里”，就并非夸大其辞。他要强调的是，只要仍然沿袭这样的政治体制，这种状况就不会有根本性的改变。

马内阿说："那些诚实者和反抗者就如长期被压抑的休眠火山。在这样一个执迷于艺术远离道德约束的文化里，在被妥协和阴谋摧毁的罗马尼亚，书籍和人民都没有发言的权利，一个真正的作家最终不会容忍强加在他身上的平庸和胆怯。他应该有何作为呢？"马内阿接着指出，机会主义的适应能力，实用主义态度，还有盲目的服从，在一个极权社会里已经存在了很长时间，大大削弱了反抗的力量和创造的能量。本来，美更多是以个体形式而不是以集体形式存在的，可是最富于个性的思想却不能见容于世；善是以一种安静而谦逊的方式来表现的，却在努力躲避着恶的喧闹和侵略；真理以残缺含糊的形式存在着，不得不在隐蔽的符号中寻找自己的避难所。就是说，政治文化生态环境使真、善、美的事物产生了畸变。作为极端社会里的极端因子，作家已经成为整个社会所面临绝境的一种象征。马内阿指出，文学的唯一出路，就是由作为作家这样的幸存者拿出直面"大野兽"的勇气，即使无法驯服它也要敢于直面它。"大野兽"是法国思想家薇依对专制社会的比喻，在这里，马内阿说的是，作家必须首先能够介入政治、挑战极权，争取自由的价值和权利！

马内阿在一次访谈中说："成为作家，把自己的名字印在书的封面上就意味着要与人民站在一起，但是，在文学里，被转换成文字往往是个人的痛苦和希望。”这是存在于艺术家作品之中的明显矛盾的双重条件，表明文学价值和公民的良心可以在同一个作家身上并存。他说：“一个真正的作家应该永远是一个超敏感的传感器，一个灵敏的警告信号。所以，很多时候，即使是最孤独的作家也不得不克服心中的疑虑，去冒文字的风险”；“任何希望不辱使命的作家，都应该跨越个体表达和公众需要之间的鸿沟”。

但是，权力、声名和物质利益的诱惑是巨大的，许多作家的变节——对文学的背叛并非完全来自政权的压力。当然，在广延的意义上说，这些作家仍然是依附现存体制而生存的人。马内阿在书中也曾描述过这样的人物，说：“很多年以来，一些‘同事’（我们还能怎么称呼他们呢？），特别是那些得到各种新闻媒体推崇的人，那些名利双收的作家，一直在痛苦、愤怒地抱怨着。最后，他们让人们相信，作家不过是一群无用、不道德、愚蠢庸俗而且混乱无知的人，他们总在搬弄是非、欺骗他人。”他不能不把他心目中的作家同他们断然分开，说：“真正的作家——不断受伤又不断张开翅膀飞向艺术最高峰的信天翁——绝不属于他们的行列。”

但是，在文学界，红红绿绿的苍蝇漫空飞舞，而信天翁却难见踪迹，怎么可能期待“真正的文学”出现呢？

马内阿没有给出如“垃圾”一样的比喻，不过可以看出，对于极权制度及其影响下的文学，他是持基本否定的态度的。他引用一个作家朋友的信说：“我们过去四十年里写的那些文学作品，有多少能留传于世？它们只是利用了历史事实，有时甚至对事实视而不见，这样的文学不就是一些应景的、只有短暂价值的东西吗？……”同时，又引用了另一个文学评论家朋友的文章说：“为了战胜独裁统治，它（罗马尼亚文学）寻找着力量，在没有了约束之后，它还能找到不让自己枯竭的力量吗？”他说，确实没有人能回答这个问题，但是问题是要提出来的。

无论是极权时代，或是后极权时代，如果作家还不能成为自由主体，文学一样是没有希望的。马内阿指出，和暴君及其影子作斗争，即使通过文学的方式也要付出代价的，甚至是不小的代价。好在他对人类的未来，包括文学创造者，并没有完全丧失信心，说是“不管困难有多大，人类总是执著于对自由的追求”。他在《审查者报告》一篇的最后说：

“在汲取暴君的教训之后，我们开始汲取自由的教训。通过我们伤痕累累的命运，我们再一次认识到自由的价值，虽然自由的声音是多么微弱，通向自由的道路是多么曲折。

“也许，尤其是那个时候……”

2008年4月20日·午夜

同在寒星下

这不仅仅是一个人的故事，而是整整一代人的历史肖像，不仅仅是捷克，而是整个东欧。

——〔英国〕《每日电讯报》

布拉格是一个优雅的城市，但也是一个多难的城市、英雄的城市。前后几百年间，它产生了为世界所熟知的三位人物：一位是胡斯，宗教改革家，死于宗教裁判所为异端准备的火刑场；一位是名叫扬-帕拉夫的青年学生，以自焚点燃“布拉格之春”的反抗烈火；再就是哈维尔，从《七七宪章》到“天鹅绒革命”，他参与并领导了一场运

海达·科瓦利

《寒星下的布拉格》封面

动，颠覆了一个时代，又开创了一个时代。

在东欧，这叫“后共产主义时代”。捷克女作家、翻译家海达·科瓦利此前逃至美国，在那里写下回忆录《寒星下的布拉格：1941－1968》，回顾她和她的国家共同走过的艰难道路。可以说，这是一部“后共产主义时代”的“前史”。

海达仅从人生的枝干上截取二十七年的时间进行讲述。这是“典型时间”，贯穿了纳粹政权和前苏联控制下的共产政权，贯穿了两个巨大的伤口。用海达的说法，二十七年时间，其实同是笼罩在寒星之下的岁月。回忆录开篇便说，她生命的景观是由三股力量构成的：第一股是希特勒，第二股是斯大林，这两股力量使她的生命成为东欧一个小国的历史缩影。剩下第三股力量，就是一具坚不可摧的生命，帮助她活下来向后人叙说她的故事。

这是一个故事，也是一篇证词。她自始至终反复讲说的是：“爱与希望要比仇恨和愤怒强大得多。”

海达是犹太人。1941年，她二十二岁时与父母及布拉格城的五千犹太人一起被德军迁至罗兹集中营，随后又转移到奥斯威辛集中营。父母被送到毒气室，她留下服苦役；在这里，目睹了许多惨剧的发生：一火车一火车的男人、女人、孕妇和婴儿被处死，活活地饿死，或送至毒气室。她和一些女人被下令将一车车带血的衣衫撕成布条，织作地毯，并送到德国的坦克车里给士兵暖脚，上千名被剃光了头发的姑娘在皮鞭的抽打下厉声嚎哭，德国指挥官还下令演唱歌剧咏叹调“月光照在我金黄的头发上”，以保持集中营愉快的气氛。有一个女孩逃跑后被发现，集中营里所有的犯人都得跪在地上，直到这个女孩子被抓回来，当众将她的胳膊和双腿打断，拖到毒气室为止。一天晚上，和海达同住的十几个孕妇被叫到营房总部，后来再没有回来；第二天清早，有支特别小分队被派去清洗地面的一摊摊血迹……集中营的生活是封闭的，强制性的生活，在这里，人们放弃了反抗。

在亲眼看到警卫兵再次杀死一个女孩子之后，海达决定逃跑。虎口逃生当然是惊险的，但海达的叙述相当简洁，她把更多的笔墨留给回到布拉格之后寻访亲友的过程。没有了父母，布拉格就是她的家，可是，她一次次敲门，一次次遭到拒绝。她踏上逃亡之路，原本是为了“寻找自由和生命”，结果连最后一个朋友竟也让她走开。纳粹当局确乎规定，隐藏非法居民是要枪毙的，可是，难道就没有人敢于打破禁忌吗？在政治高压下，人性遭到严重的扭曲；为了抵御恐怖，人人都穿上了自保的铠甲。这时，海达发现，懦怯和冷漠才是最危险的敌人。

“结束了，这一切终于结束了。”德军走了，苏军来了，人们纷纷从黑暗中走了出来，庆贺布拉格的新生。海达虽然心情复杂，毕竟怀着欣喜，憧憬正在展开的和平的未来。

对于战后的日子，回忆录中有着颇长的一段反思的文字。由于纳粹一向仇视苏联，人们自然相信共产主义是纳粹主义的对立面，捷克共产党成为国家的希望是理所当然的。海达自认为没有屈从于主流思想意识的诱惑，但是也不能说她当时有什么深刻的认识，只是对身边发生的事情和她的爱人鲁道夫，有更多的关心和观察的兴趣而已。

就是说，海达只是一个普通妇女，结婚，生子，排队领取官方文件或日用品，干上一份出版社的美编工作。但是，特殊的地方就在于鲁道夫升任了国家外贸部的副部长，她成了高干家属。她写道，她不愿意参与政治，“我只要过一个安静的、普普通通的生活。”然而，她身不由己，连成为一名党员原本也不是她所愿意的。这时，她面临着双重压力：作为家属，她发现自己成了一件物品，一个被嫉妒、仇恨和谄媚奉承的对象。她无力摆脱一个特权阶级所赠予她的一切。更可怕的是，她陷入某种政治想象的恐惧之中，对于鲁道夫的迁升始终怀有不安全感。在鲁道夫面前，她劝说，争取，公开冲突，但是毫无效果。鲁道夫相信，他选择的道路是正确的，前面没有任何障碍可以阻挡他；直到“斯兰斯基案件”从天而降，才让他突然停了下来。

1948年至1953年，苏联在东欧多国发起了新一轮的大清洗运动。在捷克，斯兰斯基案件是运动中最有影响的成果之一。斯兰斯基战后任捷共总书记，1951年被解除职务，1952年11月和另外十三人共同受审，以托洛茨基分子、铁托分子、犹太复国主义分子等罪名被判处死刑，同其余十人一起送上绞刑架。

不祥的预感应验了。作为执政党的总书记带头“反党”，这是极其荒诞的事；同样荒诞的是，一批富于理想主义和进取心的、正直的共产党员都背上了“反党”“反国家”的十字架。这就是现实。如果说书中叙述纳粹时代用的是线性结构，那么到了战后共产主义时代，则转换成一种环形结构：中心是“斯兰斯基案件”，党内生活和社会生活构成内外两个同心圆，层层波及，不断扩大。有关捷共党内的政治生态，海达写到，一个基本情况是：“在一个管理严格、没有个性的政体里面，平庸和随大流成了最优秀的品质。”她写道：“对于这些人，最理想的政权是独裁政权——让政府和党来照顾他们，让政府和党代替他们思维。有了党和政府，也就有了报复那些嫉恨已久的仇人的机会。独裁的国家离不开打小报告和暗中监视：你不聪明、不自觉、不诚实吗？对党的忠诚和奴才般的顺从，就是最好的代替。”一面是无知和服从，一面是残酷斗争，充斥党的基层以达于最高机构，所以像“斯兰斯基案件”这样重大的冤案能够顺利演进便毫不足怪。涉案人员包括海达所深为信赖的鲁道夫在内，不但不曾作出申诉和抗辩，甚至编出一套反党叛国的供词诬陷自己，还不断给自己添加新的“罪行”。如此匪夷所思，目的仅在于牺牲个人以服从组织，证实中央决策的正确性。

没有诚实、公正和真理可言。牺牲就建立在绝对服从上面。对此，海达写道：“那些为了某个崇高目标而愿意牺牲自己幸福的人，不久就会让没有同样意愿的人在压力下做出同样的牺牲。一个没有自我牺牲就不能运作的制度，是一个不完善的、具有破坏性的制度。”

作为家属，海达不能不相随作出巨大的牺牲。自鲁道夫被捕之后，她的处境变得极其险恶，仿佛重新回到纳粹集中营的恐怖的氛围之中。可悲的是，在幽闭的集中营里犹能逃跑，在解放后的正常生活中却无处可逃。她被抄家，被讯问，被隔离，被监视。她找关系救人，想不到的是，连找过的人都被国安局列入黑名单，曾经同情她的人接连遭到逮捕。她被开除党籍，解除了出版社的工作。由于一直有组织“照顾”，即使找到工作，不久也随之被解雇。失去工作，不但没有收入，更可怕的是因此有可能被当成“寄生虫”而抓起来。远离政治只能是一种幻想，事实是，“生活成了政治，政治也成为生活”。周围的人怕她，恨她，不跟她接触，她成了比瘟疫还要危险的人。迫于生计，她四出打零工，贱卖家具，冬天没有鞋袜，外套也没有，重病无法住院，住进去也被撵出来。她忍受歧视、侮辱、各种流言，忍受极大的精神苦痛。面对孩子，她不得不编造谎话，隐瞒丈夫的死讯。后来再婚，第二任丈夫也因她而失去工作。可见株连不但中国有，外国也有。总之，海达几乎完全被排斥在布拉格的生活之外，然而又着实陷入其间最深的政治漩涡之中。

由于五十年代中期苏联“非斯大林化”的影响，“斯兰斯基案件”经过七年的掩盖、拖延和搪塞，终于在1963年获得平反。

具有讽刺意味的是，平反的消息被神秘化，当时仅限于在党内传达，只有上级指定的少数人能够见到文件；而所有听到传达的党员都被告知严格保密，而且不许讨论。

这样的平反注定是不彻底的，因为体制还是原来的体制，组织信任那些制造冤案的人，直到平反之日仍然让他们稳当地坐在领导的座椅上。

作为受害人，海达用打字机打了一份损失的清单，直接送至捷共党中央办公室：

——丧失父亲；

——丧失丈夫；

——丧失名誉；

——丧失健康；

——丧失工作和受教育的权利；

——丧失对党和法制的信赖……

十几项条款的最后一项是：丧失个人财产。

海达要求赔偿，得到的回答却是："这些损失是没有人可以向你偿还的！"一切理所当然。

理所当然，无法申诉，也无处申诉。海达自称她那一代人是"失去的一代"。个人失去自由，国家失去民主，这是最根本的丧失。缘此而来，群体反抗是正常的，当局镇压也是正常的。于是，回忆录的结尾便有了壮丽的一幕："布拉格之春"。

捷共总书记杜布切克一心推行政治体制改革，遭到苏联的粗暴干涉，出动坦克和五国军队，连夜入侵布拉格。这时，新的“群众”出现了，觉醒的群众，团结一致的群众；他们走上街头，散发传单，筑起街垒，奋起抵抗。已是身心交瘁的海达重新为自由的梦想所感召，迅速投入斗争，成为群众洪流中的一朵小小的浪花，激越而灿烂。

众所周知，“布拉格之春”最后是以失败告终的。当海达写作回忆录时，旧体制依然如故。但是，我们看到，她显然有意回避失败，完全以当时斗争的热烈场面结束全书，调子高昂，与前头紧张压抑的叙述形成鲜明的对照。

她称“布拉格之春”为一个“新生命”，一个“短暂却令人难以忘却的复活”。这次虽败犹荣的革命斗争，无疑地给了她以一种未来的确信，正如她所说：

“没有人会忘却的，我们的未来不是要去屈服，而是要等待下一次机会。我看到周围已经起了一个重要的变化——那些曾被紧箍着铁杆信仰者头脑的魔力，现在已经永远地被解除了。再没有幻想，再不要自我欺骗，再不去相信苏联老大哥的谎言。意识形态冷酷的控制已经结束，也许真理真的以它不可预测的透明方式，最终战胜了一切。”

历史的确不可预测。海达亲眼看到了人民获胜的一天，而这一天，距离“布拉格之春”已是二十一年，——时间不算太长，当然也不能说太短。

2013年9月

齐格蒙·鲍曼

《现代性与大屠杀》封面

现代性与大屠杀

我们没有吸取任何教训。今天与那时，文明都是一样地危险。

——怀贞鲍姆

德国纳粹对犹太人实行种族大屠杀，时至今日，已然过去大半个世纪，而犹太人、德国人、欧洲人，仍然以各种不同的方式纪念这一事件。显然，他们并没有把事件局限在某个特定的时空框架之内，而是视为对人类存在本身的根本性挑战，一种难以清除的罪恶和耻辱。即以出版为例，关于大屠杀的书籍，无论纪实或研究，其品种之多，令人惊讶不置。我国翻译过来的，仅其中寥寥几种；称得上学术著作的，恐怕只能举出译林出版社近出的一种：《现代性与大屠杀》。

事实上，保存记忆并非易事，何况从国家到社会，存在着一股相当强大的联合势力，极力主张遗忘。记忆或遗忘，两者之间，无论在德国历史上，还是在整个人类历史上，都是一场具有重大的政治文化意义的持续的斗争。身为流亡的波兰犹太学者，《现代性与大屠杀》的作者鲍曼对他的研究意图十分清楚，因为目睹的事实是如此荒谬，人们总是将刺痛从大屠杀的记忆中拔出来，所以，他决意寻绎大屠杀的教训，使之深入到当代社会的自我认知、制度实践和社会成员之中。

《现代性与大屠杀》是从破除现代文明的病因学神话开始的。对于大屠杀的理解，人们往往将罪行边际化，把现代国家和集体的犯罪等同于历史上的杀人事件，认为是野蛮的遗留，在现代化进程中未及驯服和有效控制的前社会力量的爆发，从而免除了对现代性的罪咎的追问。作者不同意这种流行的看法，因为事实是：大屠杀远远超过了过去的屠杀事件，超过了所有所谓的前现代等价事件并使它们黯然失色。与大屠杀比较起来，这些事件是原始的，落后的，不经济的和效率低下的。无疑地，大屠杀是现代文明的产物，就像现代社会的其他事物一样，如果用我们惯用的标准来衡量，无论在哪一个方面，都十分杰出地显示出了现代化的成就。

学者常常把“现代性”同进步性联系起来加以定义，如此看来，鲍曼的结论是令人沮丧的。

关于杀人的现代性，鲍曼主要从理性原则、社会组织和科学技术三个方面进行阐述。他在书中第五章《诱使受害者合作》中，仔细剖析了德国人如何动用受害者的理性误导他们的策略。“牺牲一些，拯救多数”，这是犹太委员会领袖在辩词中反复重现的语句；而更多的犹太人，则追逐着“拯救你所能拯救者”的策略，在每次“行动”之后仍然相信这是最后一次，于是，诸如“避免损失”、“活下来的代价”、“更少的罪恶”等计算也就随之产生。在这里，受害者的理性，成了杀害他们的凶手计划的一部分。鲍曼指出，在大屠杀的整个漫长而曲折的实施过程中，从来未曾与理性原则发生过冲突。这是可怕的。其次，是关于理性化的制度，也即官僚机构的形成与完善。无论大独裁者希特勒的杀人的想象力如何大胆，如果没有一个庞大的理性的官僚机器以常规程序付诸实践，终将一事无成。鲍曼多次描述了这样一种现代“园艺”国家观，说是作为一个国家，广大被统治者只是“园丁”从事设计、培植和喷杀杂草等活动的对象。大屠杀就是这样合乎逻辑地得以构思和实施的。由于社会被视为管理的对象，视为必须加以“控制”、“掌握”、“改进”的一种性质，视为“社会工程”的一个合法目标，总之视为一个需要设计和用武力保持其设计形状的“花园”（根据园艺的要求，植物被划分为需要被照料的“人工培育植物”和应被清除的杂草两大类），大屠杀一类解决方案便不仅有了可能性，而且具备了现实性，惟有发生才变得格外“合理”。一切为设计所决定。是设计赋予了大屠杀以合法性，国家官僚体系为它制作工具，社会根本无力抵抗“园丁”的照管，只好随时准备被挤压成园丁所选择的任何形状，以整体性瘫痪为代价确保它畅通无阻。这叫“社会错位”。所谓错位，就是国家与社会的关系出现颠倒，国家凌驾于社会之上，逼使社会处于盲目被动的状态。鲍曼还指出，在使大屠杀得以持续的过程中，现代科学既直接又间接地充当了帮凶角色。首先，科学要求价值无涉，追求工具理性，在国家转变为有组织犯罪时，它不予阻挡，甚至相应地演变为一种反道德逻辑，而为国家所利用。它以庞大的研究及实验机构、人员、设备、技术，为大屠杀提供了必要的物质资源。

理性思维，官僚体制及现代科技三者之间互相联系，但是，它们不是平行的；在书中，核心是“掌握着现代国家官僚体系之舵、怀有宏伟设计的人物”，其余一切都为他们所支配。他们训练部属、军人、专家，而且同样训练受害者，通过组织，强制或诱使他们合作，最后把暴力集中起来。

关于大屠杀事件，鲍曼十分突出地论述了不同角色的共同的责任问题。书中写道，有两种情况可以开脱责任：其一，杀人者只是执行上级的命令，服从组织纪律而已。希特勒的头号助手艾希曼在审判期间，坚持认为他遵守的不仅是命令，而且是法律。他的辩护律师塞瓦斯博士在总结陈词时，以非此即彼的极端形式把问题尖锐地提了出来：“艾希曼的所作所为是因为：如果他赢了，他将获得勋章；如果他输了，他就得上绞刑架。”忠诚与服从从来是公民尤其是军人的天职，罪恶隐藏在什么地方呢？鲍曼提到米格拉姆的关于“责任转移”的实验，它表明：一旦经过行动者的同意而将责任转移到上级命令的权利之中，行动者就被投入了一种“代理状态”，即把自己看作是给别人执行意愿的状况。代理状态与自主状态是相反的，实质上是逃避个人良知的责问。这样一种连续的、普遍的责任转移，结果造成一种“自由漂流的责任”，造成一种情境，在这一情境之中，组织的每个成员都相信他是受人操纵的。所以，鲍曼说：“组织在整体上是一个湮没责任的工具。协调行动之间的因果链条被掩饰起来，而被掩饰的事实恰好就是这些行动产生效力的最有力的因素。”由于大屠杀的参与者都相信责任在别人那里，在上级那里，或者简直就是命令本身，集体执行残酷的行为便变得更容易了。大屠杀昭示：人类记忆中最耸人听闻的罪恶，并非一群无法无天的乌合之众所为，而是由身穿制服的惟命是从的人完成的；它不是源自秩序的败坏，而是源自一种完好的秩序统治。书中称引麦克唐纳于1945年的警告说，“现在我们必须提防的是守法者，而不是违法者。”这意味着，秩序、法律、所有的规则和资源，都是属于园丁国家的。它具有操纵道德能力的能力，只要它愿意，就可以超越任何道德伦理的界线，对其统治之下的人们做任何它所想做的事情。

为责任开脱还有一种情形是，将问题归因于距离，也即中国古圣人孟子说的“君子远庖厨”，认为远离罪恶的现场是没有责任的。一般来说，责任来源于与他人的接近，接近的另一端则是社会距离。如果说接近的道德属性是责任，那么社会距离的道德属性则是缺乏道德联系，或者是异类恐惧症。纳粹的最成功之处就是统治的非人化，它利用人们的安全感，制造冷漠，扩大被指定的受害者与其他人之间在身体上和精神上的距离；分割杀人过程以使杀人者适应具体的技术分工，以技术责任代替道德责任，将受害者置于不可见之地并因此掩盖行动的道德意义，使之远离道德评价。距离的社会生产，贯穿大屠杀的全过程；倘若统治者认为必要，当然还可以制造紧急状态，于顷刻间撤除距离，走出保密之墙，使用极端的步骤直接杀人！

《现代性与大屠杀》从社会学出发，最后回到伦理学，主旨是道德责任问题。大屠杀所以发生并成功地得以持续，变换一个角度，也未尝不可以视作“抵抗资源”的失效。其中，知识精英的表现特别引人注目。德国的大学，同其他现代国家的大学或相似的机构一样，坚持所谓的“价值中立”，标榜追求知识和科学研究的动机的无功利性，为此，必然把认为与科学追求的利益相冲突的其他意愿置于不顾。鲍曼强调指出，德国的科学机构对纳粹野蛮的行径保持沉默，甚至在完成纳粹任务的过程中积极配合是不足为怪的。他还援引美国学者利特尔的话说，屠杀集中营是全世界最优秀的一个大学体系生产出来的产品。至于德国科学界的精英，书中举例说，像普朗克、索末非、海森堡等都曾经向政府提出过各种忠告，目的在于避免正面冲突，恢复某种秩序，以使他们的职业自主性得到维护。海森堡找到希姆莱，以确证他和他的同事能够被允许做他们愿意做和喜欢做的事。希姆莱建议他把科学同政治区分开来，这使他深受鼓舞。于是，他以自己的专业积极推动纳粹事业，后来身在异国，举步为艰，仍然不倦地指导两个小组中的一个投身到原子弹的研制中，沦为不可自拔的科学动物。在纳粹建立的新秩序中，知识分子纷纷投降，从受害者变为杀人者的附庸，犯罪的同谋。在血腥的空气里，他们缺乏抗争的勇气，为了宽慰自己，竟至于认同官方的结论，把受害者视为可耻的一群，从而像以往一样，继续安然沉湎于大学的“清白”和科学界的“纯洁”的喜悦之中。

知识精英的表现，进一步支持了鲍曼的关于大屠杀源于“现代性”的结论。接下来的问题是，大屠杀的悲剧会不会重演？根据鲍曼的逻辑，结论同样是肯定的。所有导致大屠杀的因素仍然存在，其中最重要的就是对道德责任的漠视，现行社会组织甚至可能因为“现代化”的单向度发展而使不道德的行为变得更为合理。因此，他认为，惟一的希望在于接受大屠杀的挑战，承认大屠杀的意义，把人性、同情心、羞耻感从死亡的历史阴影中拯救出来。但是，这是可能的吗？为了战胜邪恶，应该有多少人反抗那种逻辑？有没有一道神奇的门槛，能让邪恶的技术在跨越时戛然中止？

“有多少人选择道德义务高于自我保全的理性并不重要——重要的是确实有人这样做了。”鲍曼这样回答。作为知识分子，批判并不曾使他失去对人类的热爱。其实，惟其热爱，批判才会变得如此执著、锋锐和彻底。

2002年5月初

威尔海姆·赖希

《法西斯主义群众心理学》封面

性、群众、法西斯

说到性，中国人其实并不很“中庸”，相反往往走极端：或者绝口不谈，所以道学家不少，尤以假道学为多；或者大谈特谈，近年诗界有以“下半身写作”相标榜者，足见滥得可以。但是在西方，却生出一种性科学来。奥地利医生弗洛伊德的精神分析学说，就是从“力必多”这一基本概念里展开的，他的发现，被普遍认为具有革命的意义，堪与达尔文的进化论、马克思的剩余价值学说等并称。提起弗洛伊德，我们总是不忘把这个名字同性联系起来，却不大知道他是一位具有独立人格的极其严肃的学者。在他遭受纳粹迫害的危难时期，曾经拒绝与纳粹颇有些瓜葛的荣格的援手；读过他和爱因斯坦作为流亡者的通信，那种始终以人类的命运为怀的精神，是不能不教人感动的。在他众多的学生、朋友和继承者中间，威尔海姆·赖希对于性的强调最为突出，而在把由此建构起来的关于人类性格结构的理论应用到社会和政治方面，也最富于独创性。显然，赖希比弗洛伊德要激进得多。赖希在他的“性经济”理论中坚持把弗洛伊德的心理学同马克思的社会学结合起来，从本质上说，这无疑属于群众心理学的范畴，但是，不同于勒庞的群众心理研究的是，赖希试图从个人性能量出发，提供一个审视群众的新的视点和方法，而且最后仍然回到关于个人福祉的可能性的探讨。如果说，勒庞的观点多少偏重于文化学和历史学，结论带有保守的、悲观主义的性质，那么，赖希则是更倾向于性社会学，生物学，政治学和人类学的，明显地赋予著作以生气勃勃的革命性。

平心而论，勒庞对群众的批判不可谓不深刻，对大众民主的危险性也有着相当充分的揭示，但是，他在否定由革命的异化所引起的群众专政的恐怖时，连革命的根本原则也给否定掉了，其实也就是否定革命本身。赖希的批判并没有停留在群众那里，而是直捣长期制造性压抑、性禁锢的旧制度和权力者，主要抨击的是支配了几千年的权威主义和专制主义，在现时代则是法西斯主义。《法西斯主义群众心理学》一书集中体现了赖希的这一战斗性思想，与其说赖希反对的是群众革命，无宁说是反对隐身于革命中的专制性，伪善性，全部的不合理性更接近问题的实质。

法西斯主义是一种社会政治运动，最早兴起于一战之后的意大利，领袖是墨索里尼；至希特勒的纳粹党人崛起于德国政坛，“法西斯主义”才作为一个概念而被广泛用于各国不少党派的身上，即成为一种世界性现象。纳粹主义是“国家社会主义”的德文缩写音译，纳粹运动在德国国内有着广泛的群众基础，主体是在一战中破产的中小业主、失业工人、退伍工人、手工业者和独立小农，包括知识分子。由于获得广大下层民众的支持，纳粹党在1930年9月大选中所得选票剧增，成为国会第二大党，党员从1929年的12万人增加到1930年的38万人。希特勒和墨索里尼掌权后，随即排除其他政党及政治组织；在德国，推行“一个国家，一个政党，一个领袖”的一体化法西斯专制，实际上通过“领袖原则”使权力集中在一个人手里，从而得以凌驾于党和国家之上。美国学者沃尔特·克拉尔认为，法西斯主义同历史上的专制主义最大的区别在于它的群众性，在其著作《法西斯主义》中，他对大众民主与专制的奇特的结合作了这样的概括：“使法西斯主义有别于以前的专制的地方在于存在着一个群众政党，这个政党通过它的警察机构和军队来垄断权力，清除所有其他政党，并在这一过程中使用相当大的暴力。这种新式的政党是由一个领袖领导的，这个领袖实际上具有无限的权力，受到他的追随者奉承，并且是宗教式崇拜的核心。这个政党的学说不仅对其成员来说，而且对所有其他民众来说，都是强制性的信条，并且不断靠一种有力的宣传机器来加以灌输。”他特别指出，“最终有800万德国人加入了纳粹党，但由于这个数目太大，党员也就不是很有意义的。那些入党的人获得了某种职业的优势，但一般说来，党的作用只是充当自上而下传达命令的传送带。”又说，“纳粹和法西斯主义专制掌权时间越长，它们就越来越成为一个人的专制。”无论权力在政党或是在领袖那里，也无论采用强制还是欺蒙的手段，关键都在于对群众的掌控，这是法西斯主义的命脉所在。

然而，对于法西斯主义的所有的灾难性分析，几乎都是在二战后作出的。当法西斯主义大行其道时，它的独裁和恐怖，并没有得到及时的、合理的解释，遑论警告。拉克尔通过研究表明，当时，人们对法西斯主义的本质及产生的后果缺乏充分的理解，只有个别独立的观察家、极少数政治家及其政党是例外；许多自由主义者和民主主义者尽管对纳粹主义者表示反感，却都低估了希特勒和他发起的运动。就因为这样，赖希于1933年出版的著作《法西斯主义群众心理学》便具有了一种前瞻性。

从一开始，赖希就把法西斯主义看作一个群众问题，而不是希特勒个人或是国家社会主义党的政治问题。但是，众多学者在把法西斯主义同群众联系起来时，都基本上停留在政治伦理的层面，如著名的阿伦特，她以极权主义概括法西斯主义的特色，便说："凡有群众的地方，就可能产生极权主义运动。"她多次提到在法西斯主义统治期间的个人责任问题，其中，关于"平庸的恶"的论断引起很大的争议，但那片面的深刻究竟是发人深省的。不同的是，赖希是第一个把弗洛伊德的心理－性格构成理论应用到法西斯主义研究上面，而且，他做的不是静态分析，没有把问题固定在"平庸"或"极端"那里，而是着重描述群众如何可能以一种骚动方式转向头号反动党派一边。从群体的非理性的、荒诞的、疯狂的社会行为中找到生命物质的合理存在。

赖希对群众心理的论述是从揭开性压抑的秘密开始的。也许，我们会质疑此间到底有多少可靠的成分，正如有人质疑心理学到底是不是一门科学那样，但是在这里，赖希明显地通过性压抑现象，对权威主义父权制，并由此引起的阶级压迫的历史事实，也即所谓文明传统的根本性否定。我们大可以把性压抑看作是一个隐喻，但是这个隐喻是从性这里开启的。赖希指出："这种父权制权力是在几千年里积累起来的，最后在法西斯主义意识形态中获得了它的最血腥的胜利。"

在书中，他从多个层面描述了父权制权力下的群众的病态的性格结构：一是"'小人'精神"。小人被奴役，渴望权力，同时又喜欢造反。赖希指出，所有法西斯独裁者都有小人的社会背景，所以，法西斯主义是以"革命情绪的伪装"出现的，它"不是一个纯粹的反动的运动，而是代表着造反情绪和反动社会观念的混合。"二，渴望权威。群众的"屈从结构"，使他们渴望吸收关于人的不变性和人类自然分化为少数领导者和多数被领导者的观念，于是，将责任交给一个强者手中。三，普遍地逃避责任和畏惧自由成为一种必然。赖希在他的书中以战争为例，说群众手中本来握有防止战争的一切必要手段，但是他们推卸责任，在第一次世界大战中，说有罪的是军火商，第二次世界大战是因为精神变态的将军，总之都把责任归咎于在既定时代行使权力的人。他指出其中的原因，部分出于群众的冷漠，部分出于群众的消极，部分出于他们的积极，致使战争终于成为可能，而他们本身又倍受战祸之苦。四，民族主义倾向。赖希设想在中下层阶级群众的个体结构中，民族的纽带和家庭的纽带是一致的。在群众看来，民族主义领袖是民族的人格化，只要这个领袖是按照群众的民族感情或爱国感情使民族人格化的，就会在他与群众之间形成一条个人纽带，他也就成了一个父亲式的权威人物。赖希特别指出，致命的是群众个体同领袖的“自居作用”。这种自居倾向是民族自我陶醉的心理学基础，即个人从“民族的伟大”中获得自信心的心理学基础。所谓自居作用是什么意思呢？他解释说，中下层阶级人士在领袖身上，在权威主义国家中领悟到自身，这样，他感到自己就是“民族传统”的维护者，“民族”的维护者。他认为，这种民族主义与国际意识是对立的。坚持民族主义的反动分子醉心于“为共同体服务”，坚持国家、集体利益高于个人利益；德国和苏联流行的“爱国主义”，实质上是民族主义，赖希称为“性用具式的爱国主义”，与对自己祖国的自然热爱毫无关系，是“政治的情感瘟疫”。

在赖希的描述中，法西斯主义从头到尾涂着一层神秘主义的宗教色彩：救世主思想，领袖个人崇拜，信徒的信仰主义与道德主义，服从与盲从，施虐与受虐，等等。他断言法西斯主义是宗教神秘主义的最高表现，对于这种宗教感情与宗教形式，书中同样以性经济的观点加以解析，认为宗教是反性的，它完全依靠性压抑来塑造父权制的人的结构，以维持性焦虑而得以稳固的。因此，在他看来，要彻底反对法西斯主义，就必须通过性政治实践，从个人身上根除宗教感情，根除专制者的“群众心理土壤”。他警告说，正是对有关神秘主义和性压抑之间的关系的事实的忽视或否定，成为中世纪的精神统治和经济奴役的一个不可宽恕的反动的支柱。

赖希在阐述群众的生物构造的基础上创造了一个概念：“无能力自由”。

他指出：“我们面临着一个不容置疑的事实，就是：在人类社会的历史上，人民群众没有任何机会保存、组织并发展他们在血腥的战斗中取得的自由与和平。我们指的是个人和社会发展的真正自由，毫无畏惧地面对生活的自由，摆脱了一切经济压迫形式的自由，摆脱了各种反动禁锢的自由，一句话，自由的生活自给。我们不得不清除一切幻想。在人民群众中，有一种既反动又凶恶的阻碍力量，它一再阻挠自由战士的努力。”群众的无能力自由不是天生的，宿命论的，而是在历史过程中形成的，因而是可改变的。赖希强调说，真正的民主革命运动正在于促使群众意识的觉醒并摆脱性压抑以及一切压抑，成为有能力自由。

赖希的公式是如此简明，使我们可以不被各种缤纷的口号所迷惑而能直接把握一个国家政体的实质。在书中，他对德国和苏联，对苏联的前期和后期都做了有益的比较。他尖锐地指出，德国和苏联的国家机器都是从专制主义中产生出来的，所以，在这两个国度里，革命都以非理性的逻辑确定性导致一种新的专制主义。德国的法西斯主义是赤裸裸的，虽然也打着“社会主义”的旗号，但是一开始在如何统一社会分歧问题上就体现了权威主义的国家观念，把人民群众置于无条件服从的地位。在苏联，列宁的无产阶级国家的意图是清楚的，就是不断消灭国家自身，建立人民群众的自由的自治。事实上，苏联人民并没有能力亲自管理社会，国家仍然控制了消费和生产。因此，即使在主观上力求实行社会自治，也只能流于空想，何况苏联所做的最大努力是加强——而不是放松——无产阶级国家机器的权力。结果，正如赖希所描述的，“苏联人民被一种专制的一党制所统治，而位于这一党制顶峰的是一个权威主义的领袖。”在苏联，实际上是“政党官僚的专政”，只不过披着民主议会主义的外衣来统治群众而已。赖希认为，在马克思的社会学中没有提及国家是社会主义自由的目标，“社会主义的”国家惟是政党官僚的一种发明，作为一种国家观念，它并不符合共产党人最初的纲领，实质上是对社会主义运动的一种歪曲。在书中，赖希对列宁为创造未来的“劳动民主”所做的开创性的贡献给予较高的评价。对于列宁的《国家与革命》，他认为其中有一个很重要的思想，就是用社会的自治取代无产阶级专政的思想，然而遗憾的是，过去和现在的任何政治家都没有提到这一思想。它被忽略了，甚至遭到严重的歪曲，仿佛列宁从来是主张“专政”而反对“自治”似的。历史事实是：苏联最初向自由和自治发展的希望破灭了，它迅速倒退到权威主义和民族主义的社会领导形式。而且，在这个“社会主义的”国家里，不再提最终用自治取代这种“专政”权力的必要性。赖希指出，重视和理解苏联的这种倒退的机制，比欧洲各国共产党一味颂扬苏联而否认这种机制的存在要有意义得多。

1917年以来，群众心理学在苏联的一个基本问题是：在社会的大变动中，是否会产生一种新的人类共同体，从根本上和本质上有别于沙皇时代？对此，苏联共产党的回答是肯定的。他们极力标榜“划时代”的成就，从工农业产值、科技发明、人均收入，直到公民“享受文化”的权利，如看电影、上剧院、读书、体育运动、刷牙和上学等等，都成了社会主义优越性的证据。赖希指出，凡这些，并不构成一个专制国家和一个真正民主的社会之间的区别。他说："社会党人和共产党人的一个典型的根本性的错误，是把公寓、公共运输系统或新学校赞颂为'社会主义'的成就。公寓、公共运输系统和学校可以告诉我们有关一个社会的技术发展的某种情况，它们没有告诉我们这个社会的成员是被压迫的臣民还是自由的工人，他们是有理性的男女还是非理性的男女。"他谴责苏联领导人从来不关心苏联的所谓"发展"是建立在人民群众渴望权威的心理结构之上的这一事实，因此明确表示，苏共宣布"引入苏维埃民主"是不可能的。作为一种政治参照，对美国这块直接摆脱了传统影响的处女地，则相应地予以高度的评价。对于国家，赖希本来不抱什么好感，特别当它采取权威主义、极权主义和专制的形式，更是如此。他指出，无产阶级专政的国家有义务鼓励劳动人民群众对自由的强烈渴望，而且尽一切努力使他们获得自由。如果它没有这样做，如果它压制了对自由的强烈向往，甚至滥用它，阻碍趋向自治的道路，那么显而易见，它就是一种法西斯主义国家。

与权威主义的国家秩序相对照，赖希最后提出一个

“劳动民主”的概念。他解释说，劳动民主不是一种意识形态，它是由一种自然的和有机的方式存在、成长并发展起来的合理的人际关系支配的一切生活职能的总和。它的“政治”特色正在于反政治，正如书中所列的两句口号所说的：“让我们一劳永逸地打倒政治吧！让我们立足于现实生活的实际任务上吧！”赖希讨厌政治家，不信任政治家，反对政治组织和意识形态；在他看来，迄今的国家形式固然是敌视自由和民主的，政党同样是强制性的成就。正由于他痛感群众的思维和行动违背了他们自己生死攸关的利益，因此认为必须从根本上加以改变，而改变的途径正在于劳动民主。根据赖希的解释，劳动民主的本质可以被描述为社会的自治，他划出三个民主范畴，也可以说是三个指标，即：爱情、劳动、认识，把在纯粹政治代表的选举中表现出来的，不让选民承担进一步责任的形式民主——这种议会民主或称“代表”民主，往往是被称为开明的政治家和有远见的知识分子所鼓吹的——自觉地发展为一种真正的、事实的和实际的民主，其实是一种日常性的直接民主。赖希称，这种民主由爱情、劳动和认识的职能产生，并有机地发展；积极的发明的唯一意义，也就在于为这一自然职能的展现创造最好的条件，以期在“有机地进化”的过程中，去除权威和强制，实现个人自由。他一再重复如下一句箴言：

“爱情、劳动和认识是人类存在的根源，同时，它们也当支配人类存在！”

这是一个伟大的乌托邦。与其他乌托邦主义者不同的地方是，在赖希这里是以性——通过性的自然、自由和自主的状态——作为人类解放的先导。他确信；“创造社会民主的经济前提，与使群众的性格结构发生彻底变化的任务相比，不过是小事一桩而已。”

这个奥地利人一生忠实履行这个“性政治”任务，可谓矢志不渝。1927年，他正值三十岁时加入奥地利社会民主党，不久即创办“社会主义性卫生和性学研究会”，并出资在维也纳工人区建立了六个性卫生诊所。随后，他移居德国柏林，加入德国共产党。在德国，他又创建了一个为群众寻求性解放的协会，至1932年会员多至4万人。德国共产党对他的性卫生运动大为不满，于1933年初开除了他的党藉，并查禁了他的“性政治出版社”的书籍。由于他不只是研究个体病例，而且扬言治疗整个病态的人类，因此同样不容于精神分析学界，于是紧接着，德国精神分析学会和国际精神分析学会先后丌除了他的会藉。就是说，无论是在党内还是在科学界的专业圈子内，赖希的处境都不比作为一个犹太人在德国的处境好多少。从1934年开始，他移居丹麦、瑞典、挪威，都因为这种普遍的敌意而无法久留，最后于1939年5月定居美国。在纽约新社会研究学校担任一段心理学教职之后，赖希继续从事他的“宇宙生命能”的研究，声称发明了一种“宇宙生命能存储器”，可以治疗一切人类疾病，并出租给病人使用。是因为他的超前研究的成果不为世人所认识呢？还是因为研究深入而走火入魔呢？是因为连他本人也得了精神性疾患呢？还是因为穷困潦倒，不得已出卖自己的聪明以活命呢？有关的研究专家不知有没有确凿的证据证实他的行为到底出于其中的哪种原因，美国有关当局却是判定这种仪器是骗人的装置，由法院下令销毁，并判处赖希两年徒刑。1957年11月3日，他在服刑后不久，即瘐死狱中。

《法西斯主义群众心理学》问世后，受到各种不同政治势力的抵制。1935年，德国盖世太保下令查禁该书，而丹麦和挪威共产党也同时指责说是“反革命的”著作。作为个人的一种抗争，赖希于1942年8月趁发行增订版之机，极力删除原书中有关马克思主义政党的带肯定性的内容，增加了对苏联的批判成分，还写入了不少对各方政治势力的贬损之辞。至六十年代，西方学生运动兴起，赖希被奉为“西方性革命之父”，该书从此多次重版。及至八十年代，左派下去，右派起来，当革命已经成为可诅咒可讥嘲的对象时，像赖希这样的背时鬼的著作，大概就不再有人光顾了。

——呜呼赖希！

2003年3月15日

《狄德罗的百科全书》封面

《欧洲精神》封面

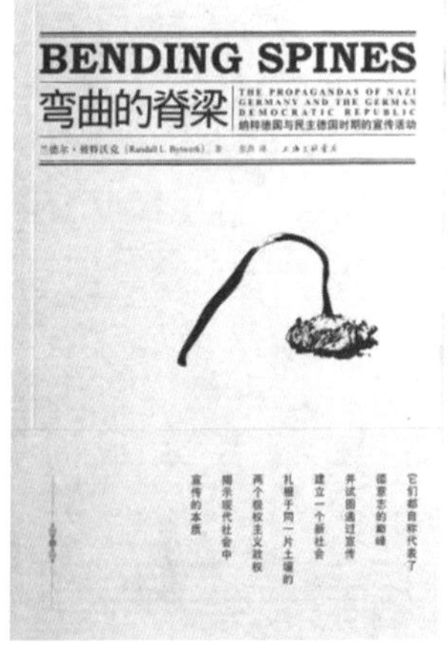

《弯曲的脊梁》封面

关于欧洲的三本书

跨国生意：思想价值的发现

法国大革命以非和平的抗争形式，把自由、平等、人权等现代价值观念，传播到整个欧洲乃至世界各地，改写了人类命运的图景。这叫“创世纪”。

大革命的思想观念来源于“启蒙运动”。在这场运动中，知识界精英出版了一批重要著作，其中《百科全书》是标志性的。这部由狄德罗和达朗贝尔主编，知识分子集体撰写的所谓“辞书”跟一般的工具书包括《不列颠百科全书》大不相同的地方在于，它不仅仅介绍新知识，更重要的是以科学理性精神，批判政治专制、宗教偏见和经院哲学，富于挑战性，简直就是一部政论集。因此，它理所当然地遭到政府的查禁，反动的政治势力及教会势力的嫉恨，同时为新兴的第三等级、法国革命党人所欢迎。

美国著名的欧洲文化史专家罗伯特·达恩顿十分重视《百科全书》在近代历史中的作用，在其著作《启蒙运动的生意》中称之为“一场伟大的思想运动的知识大全”，“是人类精神和出版物的伟大胜利”。

关于《百科全书》研究，历史学家都把注意力放在编纂者和旧制度的冲突上面，达恩顿却把目光从知识者那里移开，集中到出版商身上，主角由狄德罗们换成了庞库克们，于是，一场思想解放运动成了一桩生意。在书中，他让我们看到，一部危险的颠覆性著作，如何戏剧性地藉由投机性质的商业运营而迅速扩大其思想影响的。

达恩顿说，《百科全书》的出版史是一个“好故事”。他把英国人的经验主义和法国人对社会史的兴趣结合起来，通过档案，账本、数字、图表以及其他资料编织这个故事；追踪一部书的生命周期，犹如讲述一部战争史。权力、资本、知识和思想，在这场公开而又隐蔽的战争中相互利用，交锋，妥协，攻占或退守。我们在书中会有许多意外的发现，比如：《百科全书》的第一批、也是最热心的一批读者，竟然是官员、贵族、特权者，有身份的人；又如，《百科全书》初版在国内不能销售，出版商却把市场开到了国外，雪球越滚越大，以致后来演变成为跨国的出版协作机构，一部遭受最多最严厉迫害的禁书成了最大畅销书；又如，书报审查机关本来是《百科全书》的死敌，而总监马尔泽尔布竟成了有力的保护人。我们无论如何也想不到，这位“警官”式的人物会说出这样的话：“只读政府正式批准出版的书籍，会比同时代人落后一个世纪。”

变革的时代需要思想。法国的知识者有责任而且有能力提供所需的思想资源，所以是伟大的；而法国的出版商能够及时发现思想的价值，所以也是伟大的。

德国：脊梁为何两度弯曲

作者兰德尔·彼特沃克是美国密歇根州加尔文学院传播学教授，长期致力于德国宣传领域的研究。《弯曲的脊梁》是在著名的柏林墙坍毁之后多年写出的，这使他有可能充分使用相关的档案材料，以及别的资料。

彼特沃克在书中把先后出现的两个德国——纳粹德国和民主德国，也即东德——联系起来，从“宣传”这个视角进行比较研究。作者把两个德国同样看作极权主义国家，宣传作为独裁的操作性工具，是它们所共同拥有的。

在比较中，作者同时指出，西方民主国家恐惧宣传，至少是公开反对它。

《弯曲的脊梁》的导论开头便使用了“脊梁”的比喻，在引用一位牧师的话之后，接着引用东德国家赞美诗的作者兼文化部长贝希尔在亡国后十年才得以发表的诗《烧伤的孩子》：“那个脊梁已经受伤的他/别人很难让他相信/还能笔直地站立 // 受伤的记忆/让他恐惧/纵然治愈后/休息已足够长……”在这里，“脊梁”指一个民族的精神、元气，鲁迅也有过“中国的脊梁”的比喻。诗中揭示的民族创伤的事实，相信凡是经历过如此浩劫的人们，都会有同样的彻骨的痛感。

书中对于两个德国在宣传活动方面所作的比较，有一点是突出的，就是同大于异。作者首先比较了不同意识形态的宗教性，纳粹和东德都在培养一种绝对信仰：纳粹是“领袖永远正确”，而东德则称“党总是正确的”，强调党才是绝对知识的真正来源，党的集体领导能够科学地做出“准确无误的决定”。至于教义，纳粹没有宣传指南，领导人不喜欢理论，其自信是建立在信仰和坚定的意志之上的；东德则坚决主张其科学的基础，即苏联版的“马列主义”，他们喜欢教条主义的宣传。两个德国都致力于宣传干部的培训，紧紧抓住新闻媒体不放，媒体的统一性是不言而喻的。书中援引了一位东德的新闻工作者的自我评价，说："我们没有地位，不管是在人民中间，还是在党的机构中……我们被整个党的机构看成是笔墨奴仆或操刀代笔者，等待有人给予命令的人。我们没有被认真对待。人民说我们是国家的宫廷弄臣和小丑。"至于文艺方面，纳粹宣称："只有党和国家有权利界定与国家社会主义文化观相一致的标准。"他们设立文学和艺术的奖项以诱惑文艺家，提出一份党所许可或受谴责的文艺家的清单。比较而言，东德更重视文艺，它不像第三帝国那样没有赐予大部分作家以任何特别的好处，而是通过作协把作家供养起来。书中说，由于"受到党在幕后的操纵，作家纷纷发表声明，表示决心深入工厂和建筑工地来写作歌颂的文学作品"。

在第七章"公共与私人生活"中，可以看到，德国两个政权体系都把大量精力放在实现"一致性"的幻觉之上，它是有效宣传的基础。首先是保证"党内高度一致"，然后是"99%的选举胜利"，毕竟保持了徒有其表的选举形式，比不知选举为何物的赤裸裸的专制政体看起来好得多。这种"公共一致性"大体通过两种方式达致：一是社会贿赂，即所谓收买人心；二是威吓与强制，包括禁止示威游行，等等。

最后一章名为“失败的宣传”，全书是以这样一段话结束的：

> 不管独裁政权多么努力地尝试，它们运转多长时间，都不可能创造出由充满激情地、毫无异议地服从于统治性教条的公民组成的国家——这一信条在其核心处已经腐败不堪。……借用圣经的隐喻，它们那建立在流沙之上的房子，根本无法抵抗暴风雨的肆虐。

精神沦丧是社会的最大悲剧

法国哲学家、思想史学家亚历山德拉·莱涅尔-拉瓦斯汀给《欧洲精神》一书写的前言，就叫“消失的大陆”，明显地表明一种危机感。他引胡塞尔的话说，欧洲的未来无非走向两端，或者在仇恨和野蛮中沉沦，或者在哲学的精神中重生。欧洲面临的最大威胁是自我懈怠。如何可能获得重生呢？作者认为，只有重新拥有欧洲核心的文化遗产，才能进行哲学思考。

全书由三位东欧思想家来代表哲学欧洲，终极的精神目标和意义所在。这三个人是同时代人，都在两个极权政体国家生活过，是“三座不同政见派的灯塔”，“时代最伟大的良心”。他们是：米沃什、帕托什卡和毕波。一个波兰人，一个捷克人，一个匈牙利人，共同构成为一个美好的精神团体，全书就围绕这个团体依次展开。

米沃什1953年出版《被禁锢的头脑》，一部关于东欧“人民民主”中的意识奴役问题的论文集，集中体现了个人反抗的思想。他来自20世纪黑暗的中心，长期流亡在外，对潜在的对抗性矛盾特别敏感。他一再提醒说，存在两个欧洲，存在理性的光辉与阴影，但因此也便反对将善与恶绝对地相对化。他认为，在波兰，最伟大的英雄行为与最令人不齿的懦夫行径并存，受迫害者同样是有罪的，有责任的。善、普遍性、对他人命运的关怀和对公共世界的守护，都来自个人良心，并要求以自己的方式作出回应。他指出，内心的命令如果不能依赖于道德规范的制度，而是依赖某种意识形态，那么是荒谬的。20世纪发生的悲剧，正是根源于此。

帕托什卡深受捷克斯洛伐克当局的迫害，被禁止使用护照，著作被列为禁书，连工作也受到威胁。1968年“布拉格之春”运动遭到镇压，人们从此确信：真正的改革不可能是自上而下的，政党国家在通往现代社会的过程中已经病入膏肓。此时，帕托什卡加入著名的“七七宪章”运动，并担任发言人。不久，他遭政治警察逮捕，在狱中经历无数次审讯，终至于无法支持，于1977年3月因脑溢血逝世。

帕托什卡定义欧洲是“一个被质问的大陆”，作为哲学家，他以他的哲学探索将欧洲问题与生活世界联系起来。人权概念是一个联结点。在他看来，以国家的人权现状，实际上并未进入欧洲，尽管科学生产使生活资料不断膨胀，人们仍将成为“破坏性力量手下的羔羊”。人权是什么？他认为，除了人身安全、工作等合理的现实需求之外，还应当包含向世界开放的能力。因此，他所有关于当代危机的反思，都着眼于如何通过开放世界——不仅仅是经济开放——的方法来重塑人类存在。临终时，这位哲学家写道，我们最需要的东西源于自身的伦理，但它决非是由外在环境强加的道德。他指出，我们行动的动机不再是由于恐惧，或是出于对物质生活的追求，而是对人的尊重，对普适价值的认同。人在任何时候都应当活得有尊严，敢讲话，不胆怯，不退却，即使遭到镇压。帕托什卡反复强调说，欧洲诞生于“灵魂的忧虑”；但他同时慨叹，欧洲文化正由于长期被掩盖在遗忘中而逐渐消亡。

毕波与米沃什同年，而命运与帕托什卡颇相似。在1956年革命——我们称为“匈牙利事件”——中被任命为新政府的部长，遭到镇压后，被判死刑，后改为终身监禁。在牢狱中生活了六年之后，因官方大赦政治犯获释，在孤独中度过余年，于1979年5月去世。

由于长期受迫害，毕波只留下一部名为《关于东欧小国的苦难》的著作。他所指出的苦难，是一种民族主义的或集体性的，他称为“政治歇斯底里症”的灾难性的苦难。他认为，各种形式的暴力，包括国家强制，总是植根于恐惧。恐惧，就是群体的每个成员都感觉到问题解决的方案超出了自身的能力，从而放弃抗争，不再追求。他说，“在扭曲的恐惧的环境中，人们无法享受到民主的好处”，所以，“成为民主主义者，就意味着从恐惧中解脱出来。”他特别指出，集体歇斯底里症常常潜伏在好几代人身上，除了主要症状之外，还有并发症。由于整个社会群体都在用一些不可思议的理由来掩盖恐惧，结果是逃避现实，放弃责任的承担与追究。

作者在书中最后提到匈牙利两所以毕波的名字命名的高中学校，说墙上张贴着他写的《热爱自由者十诫》，其中第五条是：“永远不要忘记，人类的自由与尊严是惟一的，且不可分割的。”对所有活着的人们来说，这首先是责任，然后才是命运。

2012年8月

阿马蒂亚·森

当 代 世 界 学 术 名 著

以自由看待发展

Development as
Freedom

《以自由看待发展》封面

来自另一个世界的声音

托马斯·卡莱尔将经济学称为“令人沮丧的科学”，这里移用过来，借以表述经济学著作史的一般状况，应当是合适的。在“现代经济学之父”亚当·斯密那里，虽然说资本财富，但也说道德情操；后来的主流经济学却蜕变成为实证经济学，技术经济学，致力于数理分析，多种著作充斥着数字、公式、图表，力图摆脱道德判断。经典作家大抵是独立写作者，他们向社会敞开自己的经济思想和改造世界的计划；后来的经济学家则努力为政府写作，不少著作是策论式的。因此，阿马蒂亚·森的《以自由看待发展》的出版（1999年9月初版）特别令人振奋。这是一个具有明确的为弱势者写作意向的作家。他的著作，充满着一种道义感，种种技术分析为激情所支配，闪耀着科学的圣光。

森于1933年生于印度，几十年去国离乡，至今仍然保持印度国籍。1953年，他在印度完成大学学业后赴剑桥大学就读，1959年获博士学位，曾执教于剑桥大学、德里大学、伦敦经济学院、牛津大学等；1987年在哈佛大学担任经济学和哲学教授，次年返回英国，任剑桥三一学院院长。1994年，他曾当选为美国经济学主席，1998年获诺贝尔经济学奖。

除了教学，森还在许多学校和国际机构做过学术研究，1989年在联合国发展规划署担任《人类发展报告》的顾问工作。在研究中，他把经济学同哲学和伦理学结合起来，研究范围从社会选择的一般理论，到贫困、饥饿、收入分配等大量经济现象，视野十分开阔，但目光始终集中在发展中国家最具威胁性的问题。他的研究不但是革命性的，而且是卓有成效的，正如联合国秘书长安南高度评价说的："全世界贫穷的、被剥夺的人们在经济学家中找不到任何人比森更加言理明晰地、富有远见地捍卫他们的利益。"然而，作为一种学术倾向，面向现实和穷人，未必能够获得周围的学术小圈子的赞同。至少，他的导师罗宾逊夫人便极力反对他，要求他抛弃这些远离抽象理论的"道德垃圾"。在学术道路的选择方面，他表现得相当偏执。他自述说，他所以从自然科学转向经济学，是因为深受泰戈尔的“印度理念”的影响，再就是，他的家乡孟加拉在他九岁时发生的大饥荒对他的刺激太大了。他深切地知道，他和他的导师乃分属于不同的两个世界。“阿马蒂亚”，这个名字的本意，就是“另一个世界”。

自由：发展的目标

发展中国家把发展当作生死攸关的重大问题，这是毫无疑义的。关键是，发展意味着什么？朝什么方向发展？那些被看作促进发展的因素，会不会倒过来对发展本身造成损害？分歧恰恰出在这里。与众不同的是，森认为，发展并不是终极目标，自由才是发展的目标，发展只是扩展人们享有真实自由的一个过程而已。

就这样，在发展问题上，森安放了一个楔子一般的坚硬而锐利的视角：自由。

在《以自由看待发展》一书中，森把他所持的自由的发展观同狭隘的发展观作了对比。所谓狭隘的发展观，是把发展定位于纯经济目标，包括国民生产总值的增长、社会产品的丰富、个人收入的提高、科学技术的进步，以及管理的现代化等等；森指出，所有这些目标都属于工具性范围，是为人的发展服务的，而人的最高价值标准只能是自由。正因为如此，他认为发展必须要求消除那些限制人们自由的主要因素，即：贫困以及暴政，经济机会的缺乏以及系统化的社会剥夺，忽视公共设施以及压迫性政权的不宽容和过度干预。森特别重视贫困，认为极度贫困会导致经济不自由，会使一个人在其他形式的自由受到侵犯时成为一个弱小的牺牲品。同时，经济不自由可以助长社会不自由，正如社会或政治不自由也会助长经济不自由一样。专事贫困问题研究的经济学家本来就极少，突出的如缪尔达尔，他用累积的因果关系的法则分析美国黑人和南亚的贫困现象，说是“歧视繁殖了歧视”，着眼点仍是收入不平等。像森这样把贫困直接纳入自由的范畴进行综合考量的，在经济学说史上恐怕没有先例。

森既然认为发展只是为了促进自由，就有理由要求集中注意这一主导性目的，而非别的手段和工具。在这里，自由是固有的，实质性的，它构成为发展的建构性部分而变得无可替代。书中回溯了废奴前美国南部奴隶的生存状况，说那里的奴隶比自由农业工人拥有相对较高的货币收入，而寿命期望值也不特别低，几乎等同于法国和荷兰那样的发达国家，而且远远高于美国和欧洲自由的城市工业工人，但黑奴还是逃跑。当奴隶制废除后，庄园主曾试图召回昔日的奴隶，给他们发付更高的工资，让他们继续按奴隶的方式——奴役劳动和人身依附相结合——工作，始终未能取得成功。为什么？因为个人自由至高无上。作为一种发展观，森强调的是面向主体的观点，即是：只有当生命个体成为自由、独立的主体，所谓发展，才能获得真正的动力。每一个个人，都应当有效地决定自己的命运，而不应沦为被精心设计的发展计划的利益的被动接受者。

森主张把自由作为基本的价值判断引入经济学分析，是因为在他看来，自由在任何条件下都必须拥有，也就是说，任何形式的控制、歧视、奴役和压迫都不能被接受。自由的存在根本无须给出理由，它本身就是价值，无须借助别的事物来体现它的价值。只有在自由这一基本价值得到保证的前提下，经济福利方面的改善才可以被看作是社会福利的增加。

自由在书中分为实质性自由和工具性自由，实质自由包括免受困苦——诸如饥饿、营养不良、可避免的疾病、过早死亡之类——的基本的可行能力，以及能够阅读计算、享受政治参与等等的自由。“可行能力”(capability)是森借以表述实质自由的一个核心概念，指的是个人自由从事各种不同活动的可行性，实际上是自由选择的能力。森曾经使用过的“权利”、“机会”

等概念，都可以包括在这“能力”里面。以贫困为例，在森看来，贫困不仅限于贫困人口的低收入，从本质上说，它意味着享有正常生活能力的缺乏和丧失。因此，种种解困脱贫的办法，重要的还不是收入的补充，而是让贫困人口获得创造收入的能力和机会，即获得自由。由此出发，森强调国家和社会的责任；并且指出，一个失去能力的人是无法承担责任，也不能认为是有责任的。

自由的工具性

关于工具性自由，森列举了五种不同的形式：首先是政治自由，也可以说是民主，主要表现为言论自由和普选；其次是经济条件，表现为参与贸易和生产的机会；三、社会机会，重要的是教育和医疗保健方面的社会安排；四、透明性担保；五、防护性保障措施。对于政治自由，森阐释说：“政治自由，就广义（包括通常所称的公民权利）而言，指的是人们拥有的确定应该由什么人执政而且按什么原则来执政的机会，也包括监督并批评当局、拥有政治表达与出版言论不受审查的自由、能够选择不同政党的自由等等的可能性。这些自由包括人们在民主政体下所拥有的最广义的政治权益（entitlement），甚至包括诸如政治对话，保持异见和批评当局的机会，以及投票权和参与挑选立法人员和行政人员的权利。”同时，他又指出，“政治自由和自由权只具有可允性（permissive）的优越性，其实效性取决于政治自由和自由权是如何行使的。”因此，尽管民主无可争议地被看作是社会机会的一个主要来源，却仍然需要具备使之良好运作的方式和手段。其中，他特别强调广泛的参与，此外，还提及反对派的重要作用。

自由主义经济学家一贯重视亚当·斯密那只“看不见的手”的独立运作，对此，森提醒说：“市场的整体成就深深地依赖于政治和社会安排。”社会不公，贫富悬殊，常常致使人们反对和否定市场机制，事实上，这些问题并非由市场本身而是由其他原因导致的。森指出，这些问题包括：对运用市场交易准备不足，毫无约束的信息藏匿和缺乏法规管理，使强势者能够利用非对称的优势牟利。因此，他多次论及公共政策和公共行动的重要性，说：“为了社会公平和正义，市场机制的深远力量必须通过创造基本的社会机会来补充。”他提出，必须兼顾效率与公平，警惕“既得利益小集团”的高调宣传，隐含在排除竞争的努力中进行的“寻租活动”。至于如何解决这类问题，他认为别无选择，只能借助公共讨论和参与式政治决策的自由来解决，即通过民主政制来解决。民主与自由，由来相生相克。森对于这一矛盾的解决，是通过“能力”的获取，即将机会向弱势者倾斜的思维途径达致的，这样，平等已然植入自由之中。在涉及社会机会问题时，他有一个意见，就是：应当把人类发展的资金用于对生活质量更起作用的领域，而不应把公共资源用于其他社会利益远不清楚的目标上。他举例说：“现在一个又一个穷国用于军费上的大量支出常常比基本教育或医疗保健费高出几倍。财政保守主义是军备扩散主义的噩梦，而不是学校教师或医院护士的噩梦。学校教师或医院护士比军队的将军更感到财政保守主义的威胁，表明我们所生活的世界中是非颠倒。”森总是不忘把自由同每一个人的有价值的生活联系起来。

在书中，五种不同形式的自由是互相联系，互相补充，互相促进，互相结合以扩展一般性人类自由的。森认为，唯有凭借自由这个综合视角，才能合理地评估各种制度、机构，以及有关发展的状况。

关于饥荒

在俄罗斯文化史上，曾经有过贵族知识分子和平民知识分子的划分，这在当时颇有点唯“出身论”的味道。其实，在现时代也不妨沿用这个说法，结合知识分子的社会地位和思想倾向，分为贵族化的和平民化的两类。倘如此，森明白地是属于平民化知识分子一类的。仅是论贫困和饥荒的专著就有四种。在《以自由看待发展》一书中，不少篇幅论及穷人和妇女，还有专章特别讨论到饥荒。

关于饥荒，森给出两种观点：其一是简单地归于食物供给不足，另一种观点则深入研究人与粮食之间的关系，重视的是粮食供给之外的因素。早在《贫困与饥荒：论权利与剥夺》一书中，森已经指出，以粮食为中心的观点很少能够解释饥饿，它既不能告诉我们在粮食供给没有减少的情况下，饥荒何以会发生；它也不能告诉我们，在饥饿伴随着粮食减少的情况下，为何一些人啼饥号寒，而另一些人却脑满肠肥。显然，这里存在着一个对粮食的支配和控制问题。森认为，在一个社会所有获取和控制食物的合法手段中，权利是最重要的。饥荒的发生，实际上往往是饥民获取食物权利的失效。一个人支配粮食，或其他一种他希望获得和拥有的东西的能力，都取决于他在社会中的所有权和使用权的权利关系，而权利关系又是为政治、经济、法律等社会特性所决定的。于是，权利作为分析粮食问题的一种方法，便带上了一般性。森揭示了一个令人瞩目的世界性现象，就是饥荒从来未曾发生在具有民主制政府和自由传媒的任何独立国家，而通常发生在权威主义社会、殖民地、一党制国家，或军事独裁国家。他指出，民主和不发生饥荒之间的因果联系是不难发现的。他描述说："在这个世界的不同国家中，饥荒杀死了数以百万计的人们，却不曾杀死统治者。国王和总统、官僚和各级主管、军方的领导人和指挥官，他们从来不是饥荒的受害者。如果没有选举，没有反对党，没有不受审查的公共批评的活动空间，掌权者就不会因为防止饥荒失败而承受政治后果。"他认为，防止饥荒的第一个要素是信息，再就是政治的激励因素；此外，他还强调说："出版自由和活跃的政治反对派是受饥荒威胁的国家所能拥有的最好的早期报警系统。"

为了阐释他的粮食权利观念，森在《贫困与饥荒：论权利与剥夺》列举了多个国家地区的饥荒情况，其中也提到了印度和中国。新著《以自由看待发展》第二章对两国就发展的目标和手段进行了比较。森认为，从改革——走向更开放的、参与国际的、市场导向的经济——的社会准备方面，中国比印度更充分一些，但又认为印度公民享受的民主自由更充分一些；而作为"缺少民主所造成的损害"的案例，森说的便是："中国曾经有过'大跃进'失败后的严重饥荒，而印度在1947年独立以后从未有过一次饥荒”。第七章在考察政治权利和经济需要之间的关系就防止饥荒这一特定问题时，仍以中国1959——1961年的大饥荒为例，说明民主机制的重要性。

所谓“亚洲价值观”

所谓民主自由妨碍经济发展的论调——书中称为“亚洲价值观”，或称“李光耀命题”——当然要遭到森的驳斥。他对1993年春天维也纳人权会议作了回顾。会上，若干国家的代表在发言中反对大会在全球范围内一般赞同基本的政治和公民权利，特别反对把它们应用到发展中国家，其理由是，重点必须放在与重要物质需要相关的“经济权利”上。问题的严重性，在于它是一些发展中国家官方倡导的一种确立已久的分析模式。在这里，森把问题化简为：“什么应该是第一位的？是消除贫困和痛苦，还是保障那些其实对穷人来说没有多少用处的政治自由权利和公民权利？”书中批判了那种不是把民主作为经济发展的前提而是结果的观点，对于所谓穷人一般不关心公民和政治权利的命题，他反驳道：“政治和公民权利能够有力地唤起人们对普遍性需要的关注，并要求恰当的公共行动。

对于人们的深切痛苦，政府的反应通常取决于对政府的压力，这正是行使政治权利（投票、批评、抗议等等）可以造成重大区别的地方。这是民主和政治自由的‘工具性’作用的组成部分。”他进一步指出，最根本的问题是，政治自由和公民自由本身具有直接的重要性，而这，无须通过在经济方面的作用而间接地得到证明。森强调说，这种对政治自由的剥夺是压迫性的，即使未曾导致其他有害影响，也应受到谴责。

到底有没有一个统一的“亚洲价值观”的存在？对此，森持明确的否定态度。他认为，东西方文化的差异并没有像有些人所强调的那么严重，指出：“真正的问题不在于亚洲传统中是否存在非自由的观点，而在于是否不存在倾向自由的观点。”因此，有理由认为，所谓“亚洲价值观”，其中以秩序、纪律和“国家权利”为由，漠视自由权和其他自由的思想，以特殊性为由，排拒普适性的思想，就本质而言，只是为亚洲的一些权威主义政治安排提供正当性依据而已。他说；“李光耀命题的基础是特选的、有限的信息，其实，没有什么普遍性的证据表明权威主义政府以及对政治和公民权利的压制确实有助于促进经济发展。”相反，他确信来自不同文化国度的人们完全可能分享共同的价值观，在谋求发展的过程中，赞同和信守对于自由的重要承诺。

对于大半生时光在西方度过的森来说，毕竟倾向于西方的价值观；他的关于自由和发展的观念，就建立在这上面。相对于所谓的“亚洲价值观”，他把这些看作是现代的观念，过激的观念，并且毫不讳言他是左倾的。当他怀着深沉的热爱和忧患关注他的母国，以及其他的发展中国家时，批判是深刻的；至于如何在一片满布着穷人和文盲的土地上扩展自由和实现发展，设想未免显得过于乐观了一些。然而，无论如何，他的著作以自由的硬度突破发展的藩篱而集中了我们的理性思考，这是可感激的。一个经济学家的再缜密的论说，也不可能解决现实中的全部问题，这些问题，惟有依靠千千万万努力走出“囚徒困境”的人们的自由实践去解决。但是重要的是，他给出了一种理念，一种认知方式，他显示了经济学的良心。

2002年12月10日

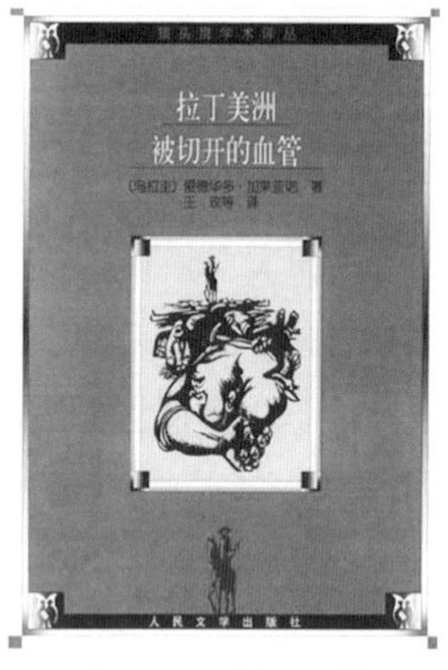

《拉丁美洲被切开的血管》封面

《农民的道义经济学》封面

《谁倾听我们的声音》封面

有一种书用道义书写

今天总算得以笔耕为活，但是毕竟是乡下人，在田地上耕种过相当一段时间，因此，对于叙述或议论农民和穷人的书，较为注意阅读和收藏。其中，除了哈代、福克纳、鲁尔福一类文学书，也还有一些并非虚构的著作。最近买的三种：《拉丁美洲被切开的血管》、《农民的道义经济学：东南亚的反叛与生存》、《谁倾听我们的声音》，使我特别亢奋，毋宁说躁动更合适些。它们简直以火焰之手，撕破由自家造的茧子，让我反观了自己；也撕毁了不少陈腐的说教，让我看到现实世界中更多一点东西。

它们都是用道义书写，这是非同寻常的。

当然，不能因此便说书中的知识是无关紧要的，恰恰相反，这里的关于被压迫民族和“低等阶级”的生存境遇的知识，关于权力、资本、自由的知识，关于奴役与反抗的知识，牵涉到不同学科的知识都非常的新鲜，至少对我来说是这样。但是，不同于由一般学者用专业知识垒筑起来的著作的是，在这里，所有的知识材料都经由一种道义感所支配，充满同情心和道德的义愤，这样的知识自然也就不复如原先的纯粹了。也许，有人会讥之为“泛道德主义”，事实上，其中的道德要求只是对威胁穷人的社会势力而言的，并不怎么“泛”，而且看得出来，这些作者都是以穷人的道德，底层的道德，被压迫和被损害者的道德为道德的。有知识而无道义，大约相当于一堆木柴，它具备生成火焰的某种可能性，仅仅是一种燃料，必须依靠另一只手引火点燃。倘使有学者站在反道义的立场上，木柴将随之变得潮湿、朽腐，因为那本意已不在生火，而在熏出浓烟，以遮蔽四周的眼睛。至于手头的这三本书，却是十足的干柴，而且，当它们出现的时候，早已有火焰生成；因此，乍一接触，便使人明显地多出一份洞明的理性，和一份参与的热情。

比如，什么叫贫困？有一本印度学者写的书，书名就叫《贫困与饥荒》，其中用了两章专门讨论贫困的定义和量化问题。好在这位学者保持了一个普通人的良知，而且，确实较深入地发掘了贫困现象背后的另一些可怕的东西，但是全书整个的运思和写作方式仍然是学院式的。《谁倾听我们的呼声》的作者，世界银行贫困问题研究小组的成员们，作为活动在贫困和死亡线上的实践家，他们的文字便全然不同了。他们通过调查，通过最精确的数字和最亲切的语言去定义面临的世界，他们急于了解“缄默的人”。关于贫困，书中开始便引用肯尼亚一位男子的话说：“无须问我什么是贫困，因为你已经在我的屋外遇见了它。看看我的房子，数数它有多少窟窿。看看我的家用器具和我穿的衣服。看看每件东西，写下你所看到的一切。你所看到的就是贫困。”简括极了。全书的众多章节，都在反复申述贫困经历的相似性，喊出了世界上50个国家4万多穷人的共同的呼声。《拉丁美洲被切开的血管》也以大量的篇幅，叙述拉丁美洲被殖民的苦难历史。关于奴隶买卖，战争，饥饿，疾病和死亡，其中使用的许多数字和细节，都是触目惊心的。上世纪初，在巴西还有230个印第安人部落，至七十年代初，便有90个部落从地球上彻底消失；当橡胶业极盛时，巴西东北部至少有50万人死于传染病和各种疾病。据估计，从征服巴西到废除奴隶制期间，从非洲　共运来的黑奴——经卢旺达被装上船的奴隶，被称为“西印度货物”——达一千万之多。奴隶造反当然要遭到无情的镇压，在一次镇压的战胜品中，有一个名叫杜普拉多的队长在他的马褡裢里就装了3 900对耳朵！著名银城波托西，在十七世纪已是世界上最大最富有的城市之一，居民16万，足可同伦敦相匹敌，据说全盛时期，连马掌都是用银打制的，居民的阳台上挂满了金银丝织物；而今，人口只是四个世纪前的三分之一，以致沦为贫困的玻利维亚最贫困的城市。据统计，在开发玻托西山的三百年间，耗掉生命达800万条！所谓人权是什么东西呢！据此，记者出身的加莱亚诺，在书中分两章写出两个悖论式的结论：一是“地球的富有造成人类的贫困”，再就是：“发展是遇难者多于航行者的航行”。

无所谓“价值中立”。道义感本身就是倾斜的。从书中可以看到，道义感的介入，是如何赋予或是改变了作者的命题、论述方式，以至全书的语调和风格。这些书都是暴露的，质疑的，抗辩的；而不是打官腔的，像大量的所谓“学术著作”那样，超然象外，甚至不知所云。世界二战结束以后，知识界似乎厌倦了政治和战争；偏重知识建构，道义感则日见淡薄。这三本书，使我重睹了原始造反者因为不平而拔刀相助的著述风格。《农民的道义经济学：东南亚的反叛与生存》，是直接为穷人的反叛和起义辩护的著作。作者斯科特是美国人，生存于发达的超级大国，却关心起远哉遥遥的东南亚小国的农民来了。有意思的是，他同加莱亚诺一样，对自由贸易持严厉的批判态度。当市场资本主义对传统社会造成巨大冲击的同时，一个突出的问题是：旧体制的强势者，在以市场为中心的新体制中，何以仍然是大赢家？艰难不可分享，革命难以告别。从“全球化”的趋势看来，美洲这两位作者大可以被称作保守主义者，但是，他们并不曾赞成闭关锁国，相反一致谴责历史上的独裁政权，“作为勒索者的政府”；在维护社会公正问题上，表现得十分激进。斯科特指出，即使没有革命发生，天下太平，也不能因此确定阶级关系是和谐的、合理的，或者说社会是合理的。他特别提到一个“错觉”问题。道义感给他提供了一个学术上的创见：农民所以铤而走险，起而反抗，还不在于贫困本身，重要的是因为他们的生存道德和社会公正感受到侵犯。于是，他大声质问道：“除了进行反叛，还有别的选择办法吗？”

民间的公正观念，被这样的作者确证为具有理性的和现实的基础，而这，也正是激进主义的来源。斯科特在书中多次称引穆尔的著作《独裁和民主的起源》，其中指出：“人类自由的源泉不仅存在于马克思所指出的将要夺取权力的阶级的意向中，或许更多地存在于即将被滚滚而来的进步浪潮所吞没的阶级的濒死恸哭声中。”在九十年代，“激进主义”一度成为贬词，令人百思不得其解。所谓知识分子，本来就是富于道德激情的人，对“是”说“否”的人，努力颠覆霸权话语而为弱势者说话的人。如若不然，我敢说，他们决不可能写出像这样优异的书。

世上有各种各样的书，其中有一种书用道义书写。这样的书为数不会很多，但我确信，其价值远高于众书之上，因为它们是教人类向善的书，有灵魂的书。

《沉钟译丛》序

中国现代化的过程，是中国走向世界的过程；与此同时，也是世界走向中国的过程。

所谓世界走向中国，不只在自鸣钟、金鸡纳霜、火炮、历法、电报之类的使用，也不只是在铁路矿山工厂银行的开设，还在于政治经济文化制度的解构、改造、建设与完善。在此期间，西学的引进，作用不可谓不巨。所谓西学，是指西方的观念、思想、理论，以及系统的科学知识。其时，传播的渠道颇不少，如教会、学校、报刊等等，但影响最大者当推译书。朝廷人物曾国藩奏稿有云："盖翻译一事，系制造之根本。"上下存此共识，"西风东渐"，自成气候。

从晚清到辛亥以至"五四"期间，翻译事业的发展是

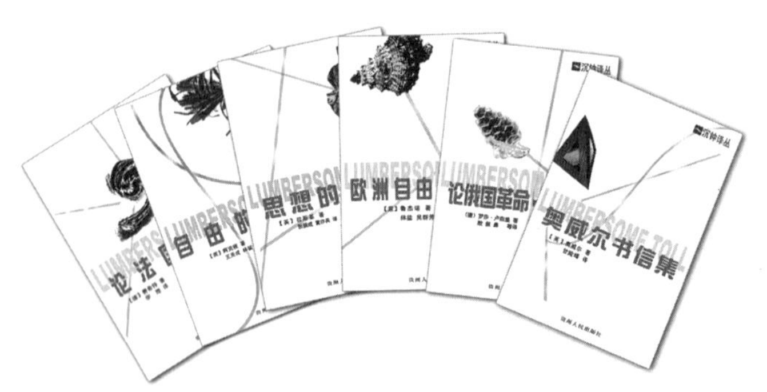

沉钟译丛

迅速的。从事翻译的，由西人到中国知识分子，由个别行为到专门的译书机构；而机构，亦由官方系统及于民间组织。至于译述内容，则由应用科学、自然科学，扩大至社会科学。“西山排闼送青来”。正是翻译，带来了新的局面、新的机运。中国的思想学术、文化教育，无不因西学的沾溉而有所创造。康有为的《大同书》，有学者认为，即接受了英人所著《佐治刍言》的影响；严复的《天演论》，被称为“中国西学第一”，更是风靡一时，面世后十年，累计达三十多种不同版本，何止乎熏陶一代人。翻译界前辈百年前起于“世变之亟”，多方开拓，筚路蓝缕，垂范至今，使我们不能不感到愧怍而且感奋；希望追随其精神，承续其事业，而有所增强。

现代化的道路是不平坦的。几经山重水复，时至20世纪70年代末，复重新起步。此时，有“第二次西学东渐”之说。翻译业蓬蓬勃勃，再开一代风气，虽未见大家如严、林者，而西著出版实在不在少数。当此几个世纪缩在一时之际，译界不免趋时务实，所译多为“现代”及“后现代”著作，“前现代”则少人问津矣。殊不知，新旧前后者是相对而言之的。而且，思想观念其来有自，惟有穷根溯源，庶几较为全面深入把握其本质，而不失固有的完整性。何况，被称为经典者，自有其独立的思想价值和学术价值，故可跨越时代，历久而弥新。

《沉钟译丛》是我们策划编辑的一套开放性大型丛书，所载为上起古希腊罗马，下迄20世纪上半叶的西方经典性文化学术著作，其中偏重社会科学和人文科学方面。《译丛》拟陆续分批出版，不求大而求精；文史哲经，可容杂处，假以时日，当自成统系也。

蒙获出版界、翻译界同仁襄助，幸莫大焉。

《流亡者之旅译丛》序

在一座焚毁的大厦的废墟中，我寻检到这些书籍，因为烫手而把它们全都摞到了一起。在不同的文字中间，我一样看到火光，暗夜，革命者，告密者，忏悔者，闪烁在铁网中的眼睛；一样听到昂扬的和喑哑的歌声，子弹的锐叫，镣铐的叮当，嘶喊，呻吟和叹息……

这就是红旗下的苏联的历史，英勇地战胜了德国法西斯，而又在“大清洗”中无辜地葬送了两千万生命的苏联的历史。

《联共（布）党史简明教程》，曾经一度成为国际共运的教科书。事实证明，那是一部虚构的历史。在一个失去民主保障的国度里，真实的历史，只能保存在社会档案里。在当时的苏联，其实要保存一份有价值的文献是极其

流亡者之旅译丛

困难的。然而，即便如此，却仍然有人象保存亲人的生命一样，为保存一份真实的记录，甘愿承担可能的风险。我读到苏联作家格拉宁的一篇文章，其中说到他在参加作协为著名讽刺作家左琴科恢复名誉的活动之后，到档案库查找左琴科在几十年前一次批判会议上发言的速记记录的情形：

> 速记记录倒是列入在册的。可是，已经没有了。它被清掉了。什么时候？谁干的？不得而知。不难看出，文献对某些人来说是如此令人愤怒和可怕，以至于连在档案库里都不能保存。……
>
> 有一回，我自己也不知为什么向一位认识的女速记员讲了我多年来四处寻找那一份速记记录，却徒劳无益。……过了大约两个月，她打电话请我去。当我赶到时，她没作任何解释，递给我一叠打字机打好的纸。这正是米哈伊·米哈伊洛维奇（左琴科）那个讲话的速记记录。从哪儿？什么方式？从一位曾在那个会议上工作的女速记员那里得到的。……速记记录上贴着一张字条："对不起，有些地方记了个大概，我当时特别激动，眼泪影响了记录。"没有署名。……

一个普通妇女，她知道左琴科什么呢？难道她比我们的作家和学者更明白一个“敌人的走狗”、“流氓”、“资产阶级下流作家”的价值吗？然而，仅仅凭着诚实善良的天性，她保存了这样一份历史的见证。当篝火已经熄灭，唯靠沉默的石头保留了火种。

什么是历史？它是与人类尊严密切相关的伟大的集体记忆。因此，除了可供实证的故址和文物之外，历史的构成，还须包括经由回忆录、日记、书信、自传、传记等形式披露的不同人物的内心真实。甚至可以说，那些袒呈的个体生命，千疮万孔的灵魂，比历史家的关于民族、国家、政党的一鳞半爪的记载，或者梳理得整整齐齐的材料更真实，更可靠。

我把摞在手头的十种书，未及焚毁的历史，取名为《流放者之旅译丛》而奉献于读者之前。这些作者或传主，都是知识分子作家。在一个极端的变态的历史时段，他们同许多职业革命家及将领们一起，成为苏维埃政权的最危险的敌人。贡布罗维奇说：“我觉得任何一个尊重自己的艺术家都应该是，而且在每一种意义上都必然是名副其实的流亡者。”这里称之为“流亡者”，除了这层意思以外，还因为他们并非一生平静，终老林下的顺民或逸士；其中几近一半流亡国外，余下的几乎都是遭受压制、监视、批判、疏远，而同时又坚持自我流亡的人物。在内心深处，他们同权势者保持了最大限度的距离。

大半个世纪过去了。苏联作家足够经受了时间的严酷的考验，他们无愧为从博大深厚的黑土层生长起来的人道主义传统的继承者。对此，美国著名记者索尔兹伯里赞扬说：

> 俄国有这样的诗人多么值得庆贺；他们那么伟大，他们的伟大在于为了生存必须战斗，而他们知道必须战斗。敌人就在那边，清晰而明显。甚至在他们的前辈西蒙诺夫们、爱伦堡们、曼杰施坦姆们、茨维塔耶娃们、阿赫玛托娃们指出敌人之前他们就懂得了。诗人清楚他们的使命。那就是讲真话。让俄国人听到真实情况，不管多么可怕。讲了，再讲，才能使人们听到他们的声音。我多么羡慕俄国有这些诗人！一百年后，他们的声音，他们的勇气，他们的诚实将使俄国多么为之骄傲！

苏联对我国的政治生活的影响是巨大的，既点燃火光，也投下可怕的阴影。书中描写的时代氛围，事件，众多苦难的制造者和承担者，等等，都是我们所熟悉的。今天，当我们为了确立未来的坐标而回首前尘的时候，当我们凝视历次政治运动的累累伤痕，寻思“文化大革命”的十年恶梦的时候，当我们困惑于一种气候而废然中止手头的工作的时候，面对发烫的书，我们的中国作家，广大的青年公民作何感想？它们能够在多大程度上触动和开启我们？而我们，只要站在人类的同一立场上，是否经得起良心的最后的质问？

1995年6月初

《烙印》序

六七年前，我曾问过中山大学历史系一位青年教师：什么叫“可以教育好的子女”？他瞠乎不知所答。从那时候起，我便起意要做一部关于这类子女的书，通过这本书，让人们记住在中华人民共和国的历史上曾经有过的这样一个庞大的族群，并藉此被遗忘的族群，了解一个已然逝去或正在逝去的时代。

从1949年起，经历过多次政治运动，积累了一批又一批阶级敌人和阶级异己分子。这些人各有名目，后来不知是哪一位天才发明了“黑五类”一词，简明易记，又富含阶级感情色彩，于是，人们也就乐于使用。至1979年，宣告“阶级”不复存在，这时，“黑五类”已经繁衍了好几代人了。我未曾见过有关全国黑五类子女的统计数字，但

“文革”中的批斗场景

《烙印》封面

推算起来是庞大惊人的。然而，作为一个耦合群体，他们并没有任何组织上的联系，三十年间一直处在一种自我封闭、互相隔离的状态，只今看来，其实是一个“记忆共同体”而已。惟有记忆存在，共同体才有可能存在，虽然是虚幻的存在；但当记忆丧失，整个群体就将长此消亡。名为群体，实不见群体的存在，此等状况，大约惟有物理学中“蒸发”一词差堪比拟。

考革命史，被称为“极左思潮”者由来已久，大可上溯至上个世纪二十年代农民运动兴起之际。星火未及燎原，即有清算AB团之类的运动，到了延安时期，又有“挽救失足者”运动，性质近于清洗。打江山坐江山之后，“阶级斗争为纲”，人为地制造种种敌人并实行专政，从过去的偶发性、阶段性、策略性扩大为一种战略需要，进一步地意识形态化、制度化和日常化。在群众性运动不断升温的情况下，不但“黑五类”分子受到更严厉的制裁，连他们的子女也为父母的阴影所覆盖，成为潜在的、假想的敌人，受到程度不等的歧视和打击。尤其在文革期间，不少“黑五类”子女受到直接的政治迫害，甚至付出生命的代价。

在漫长的三十年间，黑五类子女一开始就不得不进入一个对他们来说充满歧视和不公的世界，他们的成长过程，是在不断认识自己的身份的危险性，从而不断地放弃自己和防备他人中度过。他们必须承认现存的秩序，学习与这个秩序和平共处，学会顺从，所以，他们每个人的内心过程，都是一个粗暴的摧毁性过程。“文革”结束以后，情况如何呢？可怕的是，受歧视的生活是一种不可逆的、最终有效的、贯穿一生的生活。只要被侮辱被损害的创痛楔子般进入生活，就进入了内心，虽然种种大事件或小事情都已成为过去，痕迹无存，甚至连记忆也变得一片空无，然而，那些曾经发生的带有情绪创伤的体验早已成为生命的有机部分，成为他们的天性，成为永恒。在我所认识的众多这类子女中，除了极少数较为开朗、豁达，愿意跟人们交谈来往者外，大多数长成内倾的性格，自卑、畏葸、被动，沉默寡言，离群索居。他们敏感于周围细小的变化，对世上的人们多抱一种不信任感，包括自己在内。明显地，有一种宿命的悲观色彩笼罩其间。2002年诺贝尔文学奖获得者、匈牙利作家凯尔泰斯的小说《无命运的人》写到集中营世界的幸存者柯韦什的内心感受时，有这样一段话：“新的生活——我认为——只有在我重新诞生或是我的大脑出了问题、患了病时才有可能开始，……我们决不可能开始新的生活，我们永远只能继续把旧的生活过下去。”读罢除了感叹唏嘘，实在无话可说！

由于事物的相关性，我们中的任何一个人，都不能说与这么多带着他们的屈辱和创伤生活在我们身边的黑五类子女没有关联。即使我们不曾直接向他们施以暴力和凌侮，那么，我们有没有阻止过加害于他们的事情？有没有拒绝过他们在旷野中的呼告？如果没有，今天，当我们回首往事的时候，我们还能够像以往一贯的那样心安理得而不感到羞耻吗？

如何处理历史留给我们的这份精神遗产，成了时代的考验。

如果说我们需要历史的话，就因为我们可以从过去的影像中重新发现自己，认识自己。历史首先意味着还原真实。但是，清除了个人记忆，惟以制度文物和公共事件构成的历史肯定是残缺不全的，不真实的。鲁迅所以说中国的二十四史是帝王将相的家谱，就因为史官单一地从帝王的视点出发，忽略了更广大的人群，尤其忽略他们的精神状况。在我们的历史读物当中，应当有更多的传记、自传、回忆录，更多的个人关系史、迁流史、生活史、心态史，等等。必须有私人性、精神性的内容对历史的补充。惟有把我们每一个人的创伤记忆尽可能地发掘出来，并且形成对于人道主义、社会公正的普遍的诉求，包括“文革”在内的民族苦难的历史，才能转化成为有意义的历史。

刚刚逝世的波兰裔诗人米沃什曾经援引威尔斯在《时间机器》中描绘的图景：地球上一个叫作“白天之子”的部族，他们无忧无虑、没有记忆，当然也就没有了历史；结果，在遭到地下洞穴中的居民，食人肉的“黑夜之子”时，完全失去抵抗。失去记忆的族群，注定要受到时间的惩罚。可是，在“黑五类”子女作为一个社会群体在生活中被抹去以后，我并不曾看到遗下的关于他们的存在的记忆。

历史不可能为沉默的人们作证。说，还是不说？于是成了问题。

关于纳粹大屠杀的历史，我注意到，无论是纳粹的子女，还是犹太人中的幸存者，都有两种截然不同的态度：一种是努力说出事实真相，一种则始终保持沉默。其实，这两种态度在“黑五类”子女中同样存在。不同的民族历史当然不可一概而论，不过，那种近乎“生而有罪”的困境，对于不同国度的青少年来说倒是颇为相似的。

为了履行内心的承诺，去年春节，我曾特意带上一部小录音机，打算借回乡的机会，采访村里熟识的地富子女。头一个被访者是一个曾经改嫁的农妇，她因为害怕留下自己的声音，要求把小匣子撤掉，然后诉说她的故事。意外的碰壁，使工作的热情颇受影响，加上别的事情的压迫，计划便搁置了起来，直到年前，才使我在一种追悔的心情中重下了组织书稿的决心。

经过大半年时间，星散于全国各地的认识的或不认识的作者，断断续续地，总算把他们的声音汇聚到这里了。欣慰之余，顿然生出一种焦虑——对此，世上可有愿意倾听的人？

2004年8月

编后记

几十年来读书，编书，写书，对于书的构成，成书过程，以及书的流布，自忖有几分了解。近些年来，科技发展神速，电子书代替纸质书，网络书店代替实体书店，这样的趋势已然变得无可阻挡，令许多文化人甚至时尚媒体人也不由得慨然兴叹。我不谙电脑，自然读的纸质书，但也并不太在意于如此颠覆性的局面。在我看来，前者毕竟是后者的延长，不过作形式上的变化而已；少说再过百年，还得有书，有书的买卖。因此，其间重要的是书自身命运的变化，就是说，要看书是封闭的，残缺的，单一的，还是开放的，完整的，多样的；由书带动的两端，即作者与读者，他们被置于怎样的一种空间之内。

阅读出版史，我较为关注的是图书审查制度。从弥尔顿到马克思，都留下了抨击这一制度的广为人知的檄文，就因为它是禁锢思想，与人类文明为敌的极具破坏性的力量。但因此，也就有了地下出版物。从《圣经》到《百科全书》，都有大量盗版和违法运送的行为发生，直到上世纪末苏联东欧的“萨米亚特”。这里选入先前写就的几篇文章，以见出版史上的一点故实。千百年来，图书业的发展未曾到权力为止，自由应当是最终的。

我断续地写过一些书评，介绍的大抵是翻译书，欧美方面的书。其中，属政治历史社会的居多，文学的少。我觉得，对中国读者来说，观念重于辞章。从鲁迅到董乐山，他们的翻译工作，就标示了一个清晰的路向。而本书所选，大部分是批判纳粹德国及苏联东欧极权主义的论著和文学作品。在20世纪，极权主义极具影响力，它以现代性的形式，集中揭示权力与自由的冲突。在反抗极权主义的著作家中，英国的奥威尔最可敬佩。他声明“为政治写作”，斗争是自觉的，坚韧的；作品充满预见性，有深度，有一种雷电般的撕裂的力量。

最后选入为几本书做的序文。其中，我想说的也无非是：启蒙是重要的，记忆是重要的，每个人都有责任为自己的时代作证，如此一类常识性的话而已。

坊间关于书的书，所见大多轻巧，悠闲，有趣。相比起来，我的这本小书未免过于笨重了一些，不太符合“书话”的轨范。但也没有法，倘若还有一点写的热情的话，还是这么写下去罢。

2014年5月6日

图书在版编目(CIP)数据

书的身世/林贤治著. —上海: 复旦大学出版社,2014.9
(微阅读大系. 林贤治作品 6)
ISBN 978-7-309-10801-9

Ⅰ. 书… Ⅱ. 林… Ⅲ. 散文集-中国-当代 Ⅳ. I267

中国版本图书馆 CIP 数据核字(2014)第 143040 号

书的身世
林贤治 著
责任编辑/李又顺

复旦大学出版社有限公司出版发行
上海市国权路 579 号 邮编: 200433
网址: fupnet@fudanpress.com http://www.fudanpress.com
门市零售: 86-21-65642857 团体订购: 86-21-65118853
外埠邮购: 86-21-65109143
浙江新华数码印务有限公司

开本 850×1168 1/32 印张 7 字数 110 千
2014 年 9 月第 1 版第 1 次印刷
印数 1—4 100

ISBN 978-7-309-10801-9/I · 846
定价: 28.00 元